UNIVERSALE
ECONOMICA
FELTRINELLI

CAROLINE VERMALLE

La felicità delle piccole cose

Traduzione di Monica Pesetti

Titolo dell'opera originale
UND WENN ES DIE CHANCE DEINES LEBENS IST?

Traduzione dal tedesco di
MONICA PESETTI

Prima edizione ne "I Narratori" ottobre 2014
Prima edizione nell'"Universale Economica" ottobre 2015

Stampa Nuovo Istituto Italiano d'Arti Grafiche - BG

ISBN 978-88-07-88712-3

Per Ryan

Dans ce petit bal qui s'appelait...
qui s'appelait...
qui s'appelait...
Non... je ne me souviens plus
du nom du bal perdu.
Ce dont je me souviens
c'est qu'on était heureux
les yeux au fond des yeux.
Et c'était bien...
Et c'était bien...

BOURVIL, *Le Petit Bal perdu*

[...] una profonda quiete delle cose.

SENECA, *La brevità della vita*

1.

A Parigi la neve cadeva sulle rive della Senna, e due giovani donne osservavano i fiocchi volteggiare nell'aria. Il vetro freddo della finestra all'ultimo piano di un palazzo sull'Île Saint-Louis era appannato in due punti. Su uno era stampato il bacio di Pétronille, venticinque anni. I boccoli castani le arrivavano alle spalle, e si tirava continuamente un lembo del cardigan che le disegnava le forme. L'altro punto appannato tremolava a ogni sospiro della sorella maggiore di Pétronille, Dorothée. Aveva trentun anni, era bionda e slanciata e i luminosi occhi azzurri esprimevano determinazione. Dorothée di solito non si tirava i vestiti. Era un'abitudine che aveva preso solo negli ultimi sei mesi, da quando era incinta e la sua pancia diventava sempre più grossa.

"Certa gente è proprio fortunata," disse Dorothée sospirando. "Guarda che vista..."

Notre-Dame, il Panthéon, la Tour Montparnasse, la Tour Eiffel – i simboli di Parigi conosciuti in tutto il mondo, come si vedevano sulle cartoline vendute sulle rive della Senna. Sospirò anche Pétronille. L'immagine della Tour Eiffel le dava sempre un brivido lungo la schiena. No, non era un brivido, piuttosto un leggerissimo soffio, il battito d'ali di un uccello che si alza in volo. E contemporaneamente balenava il ricordo improvviso di un istante passeggero: la felicità delle piccole cose. Se avesse potuto, Pétronille ne avrebbe riempito una bottiglia e l'avrebbe conservata a casa sua, laggiù, in una delle centinaia di strade buie che attraversavano la città, dove dalla finestra si vedevano solo altre finestre. Lì, invece, nel grande appartamento fra i tetti grigi che la neve a poco a poco tingeva di bianco, era diverso. Bastava fermarsi a guardare e si poteva osservare il cuore pulsante di Parigi. Purtroppo però quello non era il suo appartamento.

"Forza," disse, "dobbiamo andare. Se torna a casa e ci trova qui, sono guai."

Pétronille raccolse i pezzi di cartone sparsi sul vecchio parquet e li infilò in un grosso sacco nero della spazzatura. Poi ammirò di nuovo l'oggetto che aveva appena tolto dall'imballaggio: un piccolo dipinto, alto neanche trenta centimetri. Un silenzioso paesaggio invernale, un gruppo di case, qualche albero spoglio, alcune figure che il freddo spingeva ad affrettare il passo, e nell'angolo in basso a sinistra, quasi schiva, la firma inclinata del pittore: Alfred Sisley.

"Avevi detto che sarebbe rimasto in studio fino a tardi," replicò Dorothée, ancora con il naso schiacciato contro il vetro.

"Sì, ma se proprio oggi decidesse di tornare prima? Dai, andiamo." Pétronille posò il sacco della spazzatura ai piedi della consolle accanto alla porta d'ingresso su cui erano impilate alcune buste dall'aria importante.

Dorothée vagò nel salone e osservò i mobili eleganti.

"Non è giusto, questo tizio ha praticamente tutto: è ricco, è un avvocato di successo, vive in una casa da sogno, ha buon gusto... Non è un po' troppo per una persona sola?"

Pétronille non rispose, ma vedere la sorella che ammirava il dipinto impressionista appoggiato alla parete la riempì di orgoglio. Poi lo sguardo di Dorothée si spostò sulle fotografie nelle cornici d'argento allineate sulla mensola di marmo del camino. Ritraevano esponenti dell'alta società e del jet set: un campione di calcio, un ministro e Dany Simonet, in quegli anni una delle attrici più amate di tutta la Francia. Dorothée prese il primo piano in bianco e nero dell'uomo presente in tutte le foto.

"Non dirmi che è lui!" esclamò sgranando gli occhi.

Pétronille gettò un'occhiata alla foto: sulla quarantina, lineamenti marcati, ricci castani, pelle abbronzata ed espressione da divo del cinema d'altri tempi. Un timido accenno di sorriso e occhi profondi, scuri come cioccolato fondente. Era lui. L'avvocato Frédéric Solis. Il datore di lavoro di Pétronille.

"Sì, lo so, ma non vuol dire che..." minimizzò Pétronille sorridendo, come se la cosa non le facesse né caldo né freddo.

"È un vero schianto!" non riuscì a trattenersi Dorothée. "Hai capito la sorellina, zitta zitta... A proposito, il tuo oroscopo di dicembre dice che entro il 22 farai un incontro importante. Del resto è risaputo che gli uomini da sogno si innamorano quasi sempre delle segretarie. In ogni caso, non mi dispiacerebbe averlo come cognato."

"So che la notizia ti spezzerà il cuore, ma ci siamo già incontrati a settembre per il colloquio di assunzione. E non sono la sua segretaria."

Pétronille ci teneva molto a essere definita assistente personale e non segretaria. Soprattutto dopo tutti gli anni di università, anche se la laurea era ancora lontana, e specialmente di fronte a Dorothée, che vantava un curriculum a dir poco impressionante: direttrice del marketing, all'età di Pétronille era lei ad avere una segretaria e perfino adesso, in congedo di maternità, non aveva perso nulla della naturale autorevolezza che da sempre intimoriva la sorella minore.

"Non cercare il pelo nell'uovo," commentò a sua volta Dorothée. "Hai capito cosa voglio dire."

"Comunque non sono il suo tipo," sussurrò Pétronille.

"Che ne sai?" sussurrò a sua volta Dorothée. "E perché parli a voce così bassa?"

Anche se era assurdo, sussurrare tranquillizzava Pétronille. Il suo capo sarebbe andato su tutte le furie se avesse trovato lì Dorothée.

"La sua ultima fidanzata era una modella," disse Pétronille. "Sai, quella che fa la pubblicità di Chanel... L'estate scorsa era sulla copertina di 'Vogue'."

"Non ci credo! Marcia? La top model Marcia Gärtener?"

"Eh..."

"Stanno ancora insieme?"

"Be', no, non credo."

"Allora..." canticchiò Dorothée.

Pétronille si trattenne appena in tempo dal dirle che i due si erano lasciati definitivamente otto mesi prima. In realtà non avrebbe nemmeno dovuto saperlo. Cercò di concentrarsi sui documenti che doveva prendere dallo studio di Frédéric. Cominciava a perdere il filo delle cose da fare.

"Lavanderia, quadri, spazzatura, posta, passaporto... Ah, ecco, l'atto di nascita per il passaporto nuovo..."

Andò nello studio lasciando Dorothée ancora incredula a digitare sul cellulare. Quando tornò con tre cartelline sotto il braccio, si guardò intorno in cerca di qualcosa: mancava un mobile. Avrebbe giurato che fino alla settimana prima lì ci fosse un secrétaire intarsiato del Diciottesimo secolo. Strano. Sua sorella, che trafficava con lo smartphone nel salone, ridacchiò.

"Perché ridi?"

"Guarda qui," rispose Dorothée mostrandole una foto di Frédéric Solis e Marcia Gärtener trovata su Internet. Lui si nascondeva dietro i Ray-Ban, lei invece era raggiante. "Non ti ricorda niente?"

"No, tranne che il mio capo tornerà a casa e mi licenzierà

perché ho portato mia sorella a casa sua senza dirglielo. Oltre a questo, non mi viene in mente altro."

"Ma dai! Sembra Ken! Barbie e Ken!"

Pétronille sghignazzò e fece cenno alla sorella di seguirla. Entrarono in punta di piedi nella camera da letto, e Pétronille aprì l'armadio. Tirò fuori lo smoking che doveva portare in lavanderia. Dorothée scoppiò a ridere. "Mancano solo le luci da discoteca!"

Rise anche Pétronille e ripiegò lo smoking sul braccio.

"Guarda. Secondo te chi è?" chiese Dorothée tornando seria.

Indicò una cornice di legno su un comò moderno. La foto, che con il tempo si era leggermente bombata, ritraeva una donna di mezza età voltata di profilo. Teneva la schiena dritta, e i capelli striati da qualche filo grigio erano raccolti sulla nuca in una crocchia ordinata. Il fotografo doveva averla colta di sorpresa nella modesta intimità domestica. Una donna forte nonostante la fragilità, dall'aria riservata, che fissava l'obiettivo con sospetto. Aveva gli stessi occhi scuri e profondi di Frédéric. Quella donna non apparteneva al mondo delle celebrità che facevano mostra di sé sulla mensola del camino, pensò Pétronille, abbastanza sensibile da capire che notando quella piccola foto aveva superato un confine invisibile. Si affrettò a trascinare via la sorella, ma prima di chiudere la porta si guardò di nuovo intorno e, spinta da un presentimento, si avvicinò alla finestra. In quel preciso istante un taxi si fermò davanti al palazzo signorile. Un uomo con un cappotto beige scese sul marciapiede imbiancato di neve.

"Oh, accidenti! È tornato!"

Ancora con lo smoking sul braccio, Pétronille corse fuori dalla camera e radunò le sue cose. Dorothée, altrettanto agitata, la seguì a ruota. Con il pancione urtò la consolle antica già traballante di suo, e la posta si sparpagliò a terra. Quattro mani afferrarono in fretta buste, documenti, spazzatura, berretti, cappotti, guanti, smoking, borse, cellulari e chiavi.

"Santo cielo, non invita mai nessuno a casa. Andrà su tutte le furie. E proprio oggi, che hanno consegnato il Sisley da mezzo milione... Maledizione, il mio contratto scade fra tre settimane e non me lo rinnoverà mai se ti trova qui. Come si fa a essere così stupide..."

Dorothée, che sentendo quanto valeva il dipinto aveva sussultato allarmata, gettò un'occhiata complice alla sorella.

"Tu resta qui, esco prima io. Non mi ha mai visto. Prendo l'ascensore, non può sapere da che piano arrivo."

"Buona idea," concordò Pétronille. "Ci incontriamo alla fermata della metropolitana. Sbrigati!"

Chiuse la porta alle spalle della sorella e fece un respiro profondo. Tipico di Dorothée: era una donna sveglia. Da bambina le piaceva giocare al detective. Pétronille era la sua aiutante, ma diceva sempre "aitante".

Pétronille si guardò nel grande specchio con la cornice dorata. Si pettinò e infilò il cappotto. Ogni volta che incontrava Frédéric le veniva la tremarella. E diventava paonazza.

2.

Nel cuore dell'Île Saint-Louis, le aiuole nel piccolo giardino dell'imponente palazzo all'angolo tra quai d'Anjou e rue Poulletier erano già completamente bianche. Frédéric Solis spinse il portone, che cigolò. Una volta entrato, ebbe l'impressione di non riconoscere l'atrio. Perfino la sfarzosa scala a chiocciola e la corrente d'aria del portone che si richiudeva erano diverse, come se nulla fosse più al proprio posto. Di colpo capì perché. Quel giorno, in via del tutto eccezionale, aveva deciso di tornare a casa prima. Ogni cosa gli sembrava nuova perché c'era ancora luce. Mentre i fiocchi di neve si scioglievano sul suo cappotto di cachemire, Frédéric attese che l'ascensore arrivasse al pianoterra. Una bionda affascinante uscì dalla vecchia cabina angusta ma ancora elegante e lo salutò con un sorriso sicuro. Donna molto attraente, pensò Frédéric, ricambiando il sorriso. Aveva un'aria familiare, ma... Ah, era incinta. Lentamente, Frédéric tornò indietro e le tenne aperto il pesante portone. Dorothée lo ringraziò. Lui la seguì con lo sguardo finché svanì nella neve e avvertì una fitta al cuore. Poi dimenticò la sconosciuta.

Alto, con un fisico atletico e un aspetto sempre impeccabile, nell'ascensore che lo portava al suo appartamento dava l'impressione di essere chiuso in una gabbia troppo piccola.

Sul pianerottolo incontrò Pétronille. Lei arrossì e spiegò balbettando che la consegna di Sotheby's era arrivata prima del previsto e lei aveva aspettato che portassero il Sisley.

Frédéric la ringraziò e la sua voce seria e chiara risuonò sul pianerottolo di marmo. "L'ha già visto?"

La sua assistente sembrò non capire.

"Il dipinto," specificò Frédéric puntando i profondi occhi scuri su Pétronille.

"Ma certo, sì, sì, l'ho visto," balbettò lei. "È molto bello. Cioè, è un ottimo investimento. Complimenti."

Frédéric sorrise. *Un investimento.* L'ennesimo, uno dei tanti. O per lo meno era quello che pensava la gente. Meglio così.

"Buon pomeriggio, Pétronille," disse con gentilezza.

Frédéric aspettò che la sua assistente scendesse le scale ed entrò in casa. Fece i pochi passi che lo separavano dalla consolle e posò le chiavi. Poi lo vide.

Il suo piccolo dipinto era appoggiato timidamente alla parete – un grigio paesaggio innevato, quieto e poetico. Frédéric si accovacciò sul parquet per guardarlo da vicino. Esaminò con attenzione ogni singola pennellata. Fu tentato di sfiorare la tela con le dita, ma la sua mano si bloccò a mezz'aria come un aquilone contro lo spicchio di cielo che un uomo aveva osservato in un giorno d'inverno di centocinquant'anni prima. Ora quel cielo apparteneva solo a Frédéric. E poi la figura scura, che percorreva un sentiero di campagna coperto di fango e ghiaccio. Frédéric era affascinato soprattutto dalle impronte. Da nessun'altra parte i passi degli uomini si vedono meglio che sulla neve. Da quel momento le orme dello sconosciuto avrebbero riempito di vita le sue pareti e i suoi risvegli – resi eterni dalla mano di un artista.

Frédéric avrebbe sicuramente pianto se non ci fosse stata tutta quella gente a osservarlo dalla mensola del camino. L'avvocato Frédéric Solis, uno degli astri nascenti di Dentressengle-Espiard & Smith, il celebre studio legale di Parigi. L'avvocato Frédéric Solis, specializzato in divorzi dell'alta società, esperto in cuori infranti, signorile, implacabile e costoso, lottava disperatamente contro le lacrime. Solo la donna dall'aspetto modesto nella cornice di legno se ne sarebbe accorta, ma lei non poteva vederlo. Frédéric si abbandonò per ore a quel cielo come non si era mai abbandonato al cielo di Parigi, nel frattempo diventato scuro. E a un tratto sentì i colori del sentiero chiamare il suo nome.

3.

“Frédéric? Frédéric! Frédériiiic!!!”

Frédéric aveva sette anni ed era raggomitolato sul letto nella sua cameretta in fondo al corridoio. Fissava un punto della carta da parati che si stava staccando e intanto mordicchiava il ciondolo d’oro con l’immagine della Vergine Maria appeso alla catenina che portava al collo. In realtà non guardava nulla, stava in ascolto. Da alcuni giorni i rumori in casa erano cambiati. Frédéric rifletteva anche sugli occhi arrossati della madre, la presenza dei nonni e il silenzio imbarazzato degli adulti. Tendeva l’orecchio sperando di sentire il cigolio della porta che si apriva, seguito dalla voce seria e insieme allegra del padre. Le sillabe melodiose di una lunga storia che avrebbe spiegato tutto. I rumori che avrebbero annunciato il ritorno di suo padre. Ormai aspettava da giorni, ma i rumori non si sentivano. Era la mattina di Natale. Natale del 1979.

Come sua madre e suo padre, Frédéric era figlio unico. Il padre lavorava in una ditta di articoli per ufficio. Progettava calendari. Era un uomo gentile, colto e vivace. Puntuale. Spesso aveva la testa tra le nuvole e si rifugiava nel suo mondo, soprattutto se Frédéric ne aveva combinata una delle sue. Lasciava che fosse la moglie a punirlo, ma quando serviva c’era sempre. E adorava il Natale. Specialmente addobbare l'albero. Quell'anno lo avevano comprato il 5 dicembre, cinque giorni più tardi rispetto all'anno precedente, quando si era seccato troppo presto. Avevano riso e si erano ripromessi che l'anno dopo sarebbero stati più pazienti. Il 5 dicembre, mentre la madre sistemava la mangiatoia, Frédéric e il padre attaccavano all'albero palle rosse e verdi e fili scintillanti che di anno in anno perdevano un po' del loro splendore. Quella mattina di Natale del 1979, Frédéric sapeva che le luci intermittenti si accendevano e si spegnevano nell'oscurità della sala da pranzo. Anche l'albero aspettava papà.

"Frédéric! Scendi, tesoro?" La voce della nonna era sempre stata dolce, ma in quei giorni lo era ancora di più.

Frédéric saltò giù dal letto, attraversò il corridoio freddo nel suo pigiama di flanella con le maniche troppo corte ed entrò in cucina. La madre tostava il pane, di spalle. Era spesso di spalle, negli ultimi giorni. Frédéric vedeva solo i capelli raccolti in uno chignon, perfetto come sempre. La nonna, leggermente incurvata dall'età nella sua vestaglia di ciniglia, gli diede un bacio. Era un po' ruvido. Il nonno, vestito di tutto punto, sedeva accigliato al tavolo davanti al suo caffè d'orzo, in silenzio.

"Buongiorno, piccolo." L'anziano guardò il ciondolo strapazzato. Era profondamente religioso e di sicuro avrebbe rimproverato il nipote, ma la moglie lo fulminò con un'occhiata.

"La nonna ti ha preparato la colazione. Siediti," si limitò a dire il nonno, e tossicchiò. "Babbo Natale ti ha viziato anche quest'anno. Quando avrai finito di mangiare, andremo a vedere cosa c'è sotto l'albero."

La madre lo baciò. Frédéric si accorse che era truccata più del solito. Avrebbe voluto guardarla, ma una voce dentro di sé lo avvertì che era meglio non farlo. Mangiò lentamente il pane inzuppato nella cioccolata calda e il liquido scuro gli colò sul mento. I tre adulti parlavano dell'inizio della messa, del riscaldamento che avevano dovuto alzare e dei dolori alla schiena del nonno. Era una conversazione diversa da quelle normali, nelle pause tra una frase e l'altra si sentiva il ticchettio dell'orologio appeso alla parete. E la porta di casa non si apriva.

Poco dopo Frédéric schiacciò il naso contro la porta a vetri che divideva la cucina dalla sala da pranzo. Nella penombra interrotta solo dallo scintillio dei fili, vide il piccolo Gesù Bambino nella mangiatoia. Era molto più grande delle altre statuine provenzali disposte intorno a lui sulla carta da pacchi, quasi il doppio del bue. Frédéric pensò che quel Gesù Bambino fosse un gigante, come i robot di *Goldrake* che calpestavano intere città mentre gli abitanti fuggivano urlando. Poi il suo sguardo si spostò sui pacchetti sotto l'albero. Sentì un tuffo al cuore per la gioia, ma subito dopo ricordò la porta che restava chiusa e il peso sul petto tornò.

Si accese la luce, i tre adulti si sedettero sul divano e sorrisero a Frédéric. Il bambino si accorse che il calendario con i disegni che gli piacevano tanto non era più appeso accanto all'albero. Quello però non era il momento di pensarci, e prese il pacchetto più piccolo. Mentre strappava la carta senza alzare gli occhi chiese sottovoce: "Non aspettiamo che torni papà per aprire i regali?".

La madre si lasciò sfuggire un grido strozzato e corse in cucina. Frédéric ebbe l'impressione che barcollasse. La nonna la seguì e le circondò le spalle con le braccia. Il bambino sentì i loro passi sulle scale, intervallati dai singhiozzi.

Rimase solo con il nonno. "Tuo padre non torna," disse l'uomo.

Frédéric continuò lentamente a scartare il pacchetto e trovò una macchinina Majorette. Era viola, con le fiamme verdi sulle fiancate. Gli mancava, quel modello. L'aveva vista nel reparto giocattoli al supermercato. Era bellissima. Frédéric avrebbe voluto farla sfrecciare sul davanzale della sala da pranzo e sul pavimento sotto il tavolo, poi organizzare una gara con le altre macchinine. Avrebbe vinto lei. Invece ascoltò quello che doveva dire il nonno. Per il momento stava zitto, ma Frédéric sapeva che presto avrebbe parlato perché si passava nervosamente le vecchie mani sulle cosce.

"Tuo padre ha fatto una cosa molto brutta e... e ora è in prigione, lontano. Non tornerà più. Devi essere coraggioso, piccolo mio. Ce la farai, non è vero?" disse, e gli posò una mano sulla spalla.

Frédéric annuì esitante e abbassò la testa.

"Bene," proseguì il nonno dandogli una pacca affettuosa. "È proprio bella la macchinina che hai ricevuto." Si passò ancora le mani sulle cosce.

Frédéric sentì tutto il corpo riempirsi di lacrime, ma stranamente gli occhi rimasero asciutti. Spinse per un paio di centimetri sotto l'albero la macchinina, che però non voleva andare da nessuna parte. Avrebbe voluto fare al nonno una, due, mille domande, ma intuì che non avrebbe risposto. Allora si disse che le avrebbe fatte più tardi alla madre.

4.

Trentadue anni dopo quelle domande erano ancora lì. Il figlio dell'uomo che progettava calendari aveva sfondato, pensò Frédéric, ancora con il cappotto di cachemire addosso. E crescendo era diventato un altro. Più grande, troppo grande per la famiglia e il suo silenzio. Così se n'era andato alla prima occasione. Voleva molto bene alla madre, ma naturalmente non glielo aveva mai detto. Non era riuscito a pronunciare quelle parole nemmeno al suo funerale. Eppure allora aveva ventun anni, era abbastanza grande e sarebbe stato giusto che lei sapesse che il figlio la ammirava per tutto quello che aveva fatto per lui. Lo aveva cresciuto da sola, non si era mai risposata e per anni lo aveva protetto dal dolore che dicembre portava con sé. Per una legge non scritta, in famiglia ogni singola parola veniva attentamente calibrata. Anziché parlare, Frédéric aveva studiato con maggiore impegno degli altri, giorno e notte, prima a scuola e poi all'università. E continuava a darsi da fare, per amore dei dipinti dei grandi maestri e perché per lui la carriera era importante. Aveva giurato a se stesso di non avere figli. Era meglio lasciare ai posteri divorzi di persone famose che regali di Natale dal sapore amaro.

Indolenzito, Frédéric si alzò da terra, dove si era accovacciato per guardare il dipinto, e accese la luce. Perché proprio quella sera pensieri tristi e confusi turbavano la sua felicità?

Agitò la mano come per scacciare una mosca. Guardò gli altri due tesori della sua collezione, e la loro vista lo tranquillizzò. A una parete del salone era appeso uno schizzo di un altro pittore impressionista, Camille Pissarro: un disegno a matita e china su cartone, di una decina di centimetri per lato, che raffigurava un paesaggio invernale, un campo con due contadini. Nella neve le tracce della loro vita quotidiana, dei loro piedi e della loro fatica. E nell'ingresso, sopra la consolle, il trittico di Hiroshige Utagawa: tre donne in una bufera di neve. Le loro orme sul manto bianco, impronte caduche di una breve passeggiata. Hiroshige non era un impressionista, ma a quell'opera si era ispirato Claude Monet, che collezionava xilografie dell'artista giapponese. Un giorno Frédéric si sarebbe potuto permettere un Monet, un Caillebotte, un Gauguin, un Sisley più grande, un dipinto di Pissarro. Le gioie del collezionista, tutti i tesori del mondo a portata di mano, che meraviglia! Mentre la maggior parte si accontentava di piccole cose, Frédéric Solis si concedeva il lusso dei grandi capolavori. Era pronto ad accettare i dolorosi sacrifici che richiedeva la sua passione per i paesaggi invernali degli impressionisti.

Finalmente si tolse il cappotto e lo appese nel guardaroba accanto alla porta. Le buste in bella vista sulla consolle sembravano voler attirare la sua attenzione. Frédéric esitò: sapeva di cosa si trattava. Solleciti di pagamento. I sacrifici che doveva fare per i suoi dipinti non erano ancora abbastanza. Sull'appartamento gravava un'ipoteca, i suoi conti erano scoperti e aveva iniziato a vendere alcuni pezzi d'antiquariato. I creditori dovevano aspettare. Lui era l'avvocato Frédéric Solis, i soldi sarebbero arrivati. Sospirando, prese una raccomandata. Gli sarebbe toccato pagarla.

La aprì e lesse. In alto a sinistra campeggiava il logo di uno studio notarile. Frédéric scosse la testa e fissò il foglio, incredulo. Quella sì che era una bella notizia! Doveva presentarsi dal suddetto notaio per entrare in possesso di un'eredità. Un'eredità! Grazie a quella fortuna inattesa avrebbe potuto saldare parte dei suoi debiti. Che giornata! Champagne!

Al secondo sorso si rese conto che le generalità del defunto non gli dicevano assolutamente nulla. Un uomo era morto, lo aveva indicato come suo erede e Frédéric non aveva la minima idea di chi fosse. Scorse di nuovo la lettera in cerca del nome: Fabrice Nile.

Fabrice Nile. Frédéric si concentrò e ripassò mentalmente la lista di tutti i clienti e delle persone che conosceva. Cercò una risposta anche nel cielo ormai nero, però nessun viso emerse dai ricordi. Infine ripensò a quella lontana mattina di Natale, ma nemmeno allora c'era qualcuno che si chiamasse così.

Frédéric bevve un altro sorso di champagne. Il giorno dopo sarebbe andato dal notaio e avrebbe scoperto chi era quell'uomo. Sarebbe tornato a casa ricco, il suo commercialista l'avrebbe piantata una buona volta di ripetergli che era sull'orlo della rovina, non avrebbe più dovuto pensare a persone del suo passato e si sarebbe risolto tutto.

Sì, si sarebbe risolto tutto.

Nel frattempo Madame Boule, l'anziana portinaia, uscì in giardino per controllare i cassonetti, stando attenta a non scivolare sulle lastre di pietra coperte di neve. Madame Boule imprecò. La segretaria dell'avvocato era una ragazza gentile, ma non metteva mai la spazzatura nel posto giusto. Glielo aveva detto mille volte. Nulla da fare. "Lo sapevo! Il sacco nero insieme alla carta." Buttò il sacco nel secchio accanto e tornò in portineria tenendosi il cardigan ben chiuso sul petto.

La mattina dopo sarebbe passato il camion dei rifiuti e avrebbe portato via una lettera indirizzata a Frédéric caduta dalla consolle e finita nel sacco nero senza che nessuno se ne accorgesse. Perché proprio quella lettera e non la raccomandata del notaio? A volte il destino è proprio perfido...

5.

“È uno scherzo?” Frédéric non aveva l’aria di chi è in vena di scherzare. Il notaio, un ometto allampanato sulla cinquantina, con gli occhiali di corno e le unghie scheggiate, se ne accorse.

“Non so cosa dirle, Monsieur Solis. Il lascito è quello, e lei è l’unico erede. Il lato positivo è che non deve pagare le tasse di successione.”

Al centro dello studio ingombro di pratiche e fascicoli, i due uomini erano chini su una normalissima scatola di cartone. Conteneva quattro biglietti: uno per un viaggio in treno, uno per una gita in barca, uno per entrare al giardino di Giverny e uno per visitare il Musée d’Orsay. Ogni biglietto era stato prenotato per dicembre. C’era anche un tubo di plastica con dentro un foglio di carta formato A3. Il foglio era ricoperto di schizzi e minuscoli disegni a china nera. Sul fondo scuro risaltava una linea rossa, serpeggiava tra gli arabeschi e terminava in un punto, rosso anche quello, simile a una croce. Né il notaio né Frédéric avevano intenzione di apparire ridicoli, quindi tacquero. Se fossero rimasti un po’ bambini avrebbero gridato “Evviva, una mappa del tesoro!”. Ma siccome erano entrambi adulti, restarono in silenzio.

“Devo ammettere che in tutta la mia carriera...” borbottò infine il notaio. “Tuttavia, è un documento interessante.”

Passò il dito sulla linea rossa, come per valutare l'esecuzione di un disegno antico. Era quel foglio a illuminare i suoi occhi grigi?

"Non sa cosa potrebbe significare?" domandò con apparente indifferenza. "Quelle parole, per esempio... Farebbero pensare a un rebus. Forse è una specie di gioco di ruolo."

A denti stretti, Frédéric sfilò il testamento da sotto la scatola e lo lesse attentamente.

"Ha detto che Fabrice Nile era un amico di famiglia?" chiese il notaio.

"Non ho mai detto nulla di simile," ribatté secco Frédéric. "Abbiamo finito?"

"Sì, ha compilato i moduli e firmato tutte le carte." Il notaio fissava ancora i misteriosi ghirigori, come ipnotizzato. "Ora è il legittimo proprietario di un bel... chiamiamolo reperto. Nonché di quattro biglietti. E con questo siamo a posto."

Frédéric dovette strappare il foglio da sotto i gomiti del notaio che sembrava voler memorizzare ogni singolo dettaglio per poterlo decifrare. Frédéric lo rimise nel tubo di plastica e chiuse la scatola con il coperchio. Aveva già preso il cappotto di cachemire ed era pronto ad andarsene. I due uomini si strinsero la mano e scambiarono in fretta i convenevoli. Sulla soglia, Frédéric si bloccò per un istante e si voltò di nuovo. "Io e Monsieur Nile ci eravamo persi di vista al momento della sua morte, e non sono stato informato del suo funerale. Per caso sa dove è sepolto?" chiese, come se la domanda gli costasse un grande sforzo.

Il notaio scartabellò la pratica in cima alla pila più vicina e lo informò che il defunto era stato sepolto a Nantes. "Oh, sono desolato per il suo... amico," aggiunse con un sospiro, quasi parlando tra sé. "Certo che i casi della vita... Si pensa sempre che la miseria sia lontana, invece è molto più vicina di quanto si creda, e a volte basta un niente..."

"Cosa vorrebbe dire?" lo interruppe Frédéric.

"Quando ha visto Monsieur Nile per l'ultima volta?" domandò il notaio in tono circospetto.

"Molto tempo fa."

"Lo sapeva che da anni era un senzatetto?"

"Io... No, non lo sapevo," rispose serio Frédéric.

"Abbiamo avuto accesso ai documenti dei servizi sociali. In realtà sarebbero informazioni strettamente riservate, ma visto che lei è di famiglia..."

"Io..." attaccò Frédéric, poi però si morse la lingua e tacque.

Il notaio lo guardò e proseguì. "Monsieur Fabrice François Marius Nile, nato il 24 giugno 1965 a Montigny-lès-Metz, di professione meccanico in proprio, deceduto l'8 novembre 2012 all'ospedale Saint-Nicolas di Pontoise in seguito a un'infezione polmonare. Il 7 luglio 1987 ha sposato Corinne Billot, deceduta il 12 febbraio 1996. Niente figli, niente fratelli né sorelle, genitori morti... Disoccupato dal 1997 e senza fissa dimora dal 1998. A causa di problemi di salute legati all'alcolismo, è stato ricoverato spesso all'ospedale Saint-Nicolas di Pontoise..."

"La ringrazio, Monsieur, e le auguro buona giornata."

Frédéric se ne andò e senza volerlo sbatté la porta. O comunque senza volerla sbattere così forte.

6.

Mezz'ora più tardi Frédéric, con la scatola di cartone sotto il braccio, attraversava il Jardin de Bagatelle innevato. Aveva appuntamento a pranzo con John Witherspoon, un cliente, ma era in anticipo.

Il Jardin de Bagatelle, uno dei parchi più belli di Parigi. Nascosto in un tranquillo angolo del Bois de Boulogne, tra gli eleganti viali del Sedicesimo arrondissement e i palazzi signorili di Neuilly, raramente attira i turisti e mai a frotte. Magnifici cespugli di rose, pavoni e un'orangerie che diffonde note soffuse di musica classica – un posto per conoscitori, perfetto per raffinati e sensibili *flâneurs*. In estate Frédéric aveva passeggiato spesso per quei viali insieme a Marcia. Marcia era bella sempre, in qualunque stagione dell'anno, ma in quelle mattine al Jardin de Bagatelle era incantevole. Marcia... Né il doloroso ricordo di Marcia né il pensiero dell'incontro con Witherspoon su cui doveva assolutamente concentrarsi riuscirono a distogliere l'attenzione di Frédéric dalla scatola e da Fabrice Nile.

Si sedette su una panchina in un punto riparato del roseto. Si guardò intorno per accertarsi che nessuno lo vedesse e subito dopo si sentì sciocco: il parco era praticamente deserto. Aprì la scatola e tirò fuori i quattro biglietti.

Osservò per primo quello del treno, valido per il 15 dicembre, con partenza dalla Gare Saint-Lazare alle 10.57 e arrivo a Éragny-Neuville alle 11.31. Sul biglietto erano indicati numero del treno, carrozza e posto.

Éragny. Frédéric sorrise. Dal notaio era rimasto talmente sorpreso che non aveva colto il legame tra i singoli biglietti: i pittori impressionisti. Naturalmente sapeva che a Giverny era possibile visitare il giardino di Claude Monet, e che il Musée d'Orsay ospitava la più grande collezione del mondo dedicata all'Impressionismo. Il significato dei biglietti del viaggio in treno e della gita in barca era meno evidente. Era davvero una coincidenza che Frédéric dovesse andare prima a Éragny e poi a Vétheuil? Proprio nelle due località in riva alla Senna dove avevano vissuto e dipinto Renoir, Monet, Pissarro, Sisley, Gauguin e molti altri?

Il secondo biglietto, infatti, era per un tour della compagnia Senna Travel con partenza da Vétheuil il 18 dicembre. Cercando l'orario, Frédéric vide sul retro un appunto scritto a mano con inchiostro rosso:

Ricorda il grande amore
che dentro di sé nascondeva l'inverno.

Girò gli altri tre biglietti e si accorse che su ognuno era annotato qualcosa. Su quello per il giardino di Claude Monet a Giverny del 22 dicembre lesse:

Cogli al volo l'incanto del tuo piccolo lago
o presto regnerai su un mare di fiori appassiti.

Cosa volevano dire quei rebus? Non avevano senso. Il biglietto per il Musée d'Orsay del 24 dicembre diceva:

La profonda quiete delle cose.

Frédéric guardò di nuovo il biglietto del treno e trovò una frase anche su quello:

Una grande partenza verso nuove impressioni,
segui il cammino dei rifiutati.

Frédéric si illuminò: quel messaggio era chiaro. Le "nuove impressioni" abbinate al biglietto del treno erano un riferimento al dipinto di Monet *La gare Saint-Lazare*, decisamente impressionista. E i "rifiutati" erano gli impressionisti stessi, esclusi dalla giuria del *Salon*, all'epoca la massima istanza che decretava la qualità artistica. Monet e gli amici avevano esposto le loro opere nella mostra parallela a quella ufficiale, il *Salon des refusés*, appunto.

Frédéric studiò attentamente la mappa. Non trovò nessuna indicazione che gli fosse sfuggita al primo esame. I disegni non sembravano collegati ai pittori impressionisti.

Vide una macchinina giocattolo. Un teschio come quelli sulle bandiere dei pirati. Un vaso con delle margherite. La mano di un uomo anziano. Pentagrammi. Il profilo di una donna in una cornice a forma di cuore. Nuvole. Un ponte di campagna. Quattro carte da gioco: tre re e un jolly. Alcune parole: verità, tolleranza, giardino, amore. Disegni e simboli che non riuscì a interpretare. E la linea rossa, un percorso che toccava tutte le figure e portava a una croce.

Frédéric rimise tutto nella scatola e la chiuse con cura. Poi si soffiò sulle mani arrossate dal freddo cercando di scaldarle. Il suo respiro si trasformò in nuvoletta di vapore che salì nel cielo grigio. Quando alzò la testa, una gazza volò sopra il parco. Infilò le mani nelle tasche del cappotto. Sul vialetto, due giovani donne vestite come se non fosse pieno inverno ridacchiarono tra loro sbirciando l'uomo di bell'aspetto seduto sulla panchina. Frédéric distolse lo sguardo. Due pettirossi saltellavano sulla neve. Becchettavano all'unisono smuovendo briciole di terra. Le loro zampette lasciavano minuscole impronte. E la vita di Frédéric stava andando a rotoli.

Era deragliata a poco a poco, senza fare rumore. Frédéric aveva lavorato sodo per raggiungere gli obiettivi che si era prefissato, e ora, all'improvviso, uno sconosciuto – per giunta morto – gli chiedeva di prendere prima un treno e poi una barca e infine di visitare un giardino e un museo. Lo allettava con paesaggi impressionisti e una caccia al tesoro. Decideva del suo tempo e fissava date. Era una follia!

Frédéric lo odiò. Come si permetteva di trattarlo come un burattino, muovere i fili e prendersi gioco di lui? Chi si credeva di essere, questo Fabrice Nile, questo fantasma che dormiva sulle panchine nei parchi, per coinvolgerlo in un'avventura senza capo né coda?

Iniziò a nevicare. Frédéric sentì sul viso i fiocchi gelidi e si accorse che si era incantato a fissare un cestino verde vicino a un'aiuola. Presto uno degli addetti lo avrebbe svuotato. Frédéric sospirò. Poteva buttare via quella strana eredità, chi glielo impediva? Immaginò la scena: la scatola di cartone schiacciata, i biglietti che cadevano sul fondo di metallo, il tubo di plastica che spuntava sollevando il coperchio del cestino. Se avesse gettato via tutto, avrebbe risolto la faccenda Fabrice Nile con i suoi treni, i suoi pittori e le sue sorprese. Sarebbe tornato alla sua vita. E avrebbe passato le notti in bianco a rimuginare su due parole, minuscole come le impronte dei pettirossi: *e se...?*

Ovviamente esisteva anche una terza possibilità. Frédéric tirò fuori il cellulare dalla tasca e digitò con dita intirizzite il numero di Pétronille.

"Pétronille, potrebbe fare una ricerca su quest'uomo, per favore? Fabrice Nile. N-i-l-e, Fabrice. È morto da poco ed è sepolto a Nantes. Le mando una mail con i dati. Devo sapere tutto quello che riesce a scovare su di lui."

Pétronille assicurò che avrebbe fatto il possibile, poi domandò timidamente se poteva prendere tre giorni di ferie prima di Natale perché i suoi genitori festeggiavano i quarant'anni di matrimonio. Frédéric rispose che non gli sembrava il momento adatto, con tutto quello che c'era da fare per il caso Witherspoon. Pétronille ci rimase male, ma lui non cedette di un millimetro. Dopotutto la pagava di tasca sua, lavorava settanta ore a settimana e aveva bisogno di qualcuno che si occupasse dei suoi affari personali e della sua agenda privata. Pétronille era molto brava, ma i suoi numerosi impegni familiari cominciavano a dargli sui nervi. Avrebbe dovuto starle con il fiato sul collo perché scoprisse in fretta qualcosa su Fabrice Nile. Voleva sapere chi era il misterioso sconosciuto prima di salire su quel treno. Ossia quattro giorni dopo.

Frédéric prese scatola e tubo di plastica e si diresse a passi rapidi verso il ristorante sull'altro lato del parco. Doveva dimenticare Fabrice Nile e concentrarsi. Quel divorzio rischiava di diventare una faccenda complicata. John Witherspoon, un uomo d'affari americano che viveva a Parigi, era sulla sessantina, sessista, pluridivorziato e buongustaio nato. Frédéric aveva seguito la sua terza causa di divorzio, sette anni prima. John, che nonostante le scappatelle disponeva ancora di quasi tutto il suo patrimonio, aveva lodato il talento del giovane legale con altri milionari e lo aveva preso sotto la sua ala. Era stato lui a spianargli la strada per entrare da Dentressengle-Espiard & Smith, a cui affidava tutte le sue questioni, sia d'affari che private. Frédéric e John Witherspoon avevano già avviato la procedura per il quarto divorzio e si erano dati appuntamento per discutere alcuni dettagli a La Roseraie, un ristorante nel Jardin de Bagatelle considerato tra i migliori di Parigi. Frédéric lasciò l'eredità al guardaroba e raggiunse il tavolo di Witherspoon.

Il cibo era eccellente, ma la conversazione non ingranava. C'era anche Iko, la nuova fiamma di John. La splendida giapponese, laureata e dai grandi occhi a mandorla, accolse Frédéric con un sorriso incantevole. John non era particolarmente di buonumore e ce l'aveva con mezzo mondo. Trovò da ridire sulla qualità del servizio che a Parigi lasciava a desiderare ovunque e sui camerieri che non sapevano fare il loro mestiere. Si lamentò della lungaggine della burocrazia francese e degli impiegati insopportabili. Del tasso di disoccupazione che era così alto perché nessuno aveva voglia di lavorare e dei cittadini che non venivano tutelati. Qualche giorno prima avevano rubato il visone di Iko in un ristorante con tanto di stelle Michelin, e il proprietario se ne era lavato le mani. Una vergogna. "Ah, a proposito, Solis, visto che siamo in argomento, scrivigli una lettera così capisce che non si scherza con John Witherspoon, *damn it*." E senza aspettare la risposta di Frédéric continuò a brontolare, passando alla futura ex moglie, che all'incontro di sabato avrebbe capito con chi aveva a che fare.

Ma Frédéric non lo ascoltava più. Se avesse seguito quanto stava succedendo al tavolo, avrebbe notato che Witherspoon osservava in cagnesco la compagna fare gli occhi dolci al giovane avvocato, invece pensava solo alla scatola di cartone e non se ne accorse. In più la storia del visone sparito dal guardaroba lo preoccupava. E se gli rubavano l'eredità? Solo lui, nessun altro, poteva rivendicare il diritto alla mappa, ai biglietti e al dipinto degli impressionisti. Frédéric si arrabbiò con se stesso per l'infondata speranza che al termine di quella storia lo attendesse un'opera d'arte. Era assurdo, nonché altamente improbabile. Ma a onor del vero, mentre mangiava il filetto al pepe verde e il suo cliente più importante parlava del proprio divorzio, l'avvocato Frédéric Solis sognava esattamente quello.

"Allora ci vediamo sabato, Solis, con mia moglie e il suo

avvocato. E questa volta acceleriamo un po' i tempi, visto che oggi abbiamo battuto la fiacca, *right*?" disse John prima di salutarlo a fine pasto.

Frédéric gli strinse la mano e andò al guardaroba. La scatola era ancora lì, non mancava nulla. Salì su un taxi e mentre chiudeva lo sportello realizzò che l'appuntamento con Witherspoon era fissato per quel sabato. Sabato 15 dicembre. Il giorno in cui doveva prendere il treno per Éragny.

7.

In un camerino, Pétronille – in slip e reggiseno non coordinato – cercava di infilarsi un abito azzurro, che però sembrava proprio essere di una taglia più piccola. Si era lamentata perché non aveva nulla da mettersi alla festa per l'anniversario dei genitori. Mancava ancora un po' di tempo, ma Dorothée, che invece sapeva benissimo come vestirsi, aveva dichiarato che era meglio occuparsene subito. Dorothée non era una di quelle persone che si riducono all'ultimo minuto. E Pétronille ascoltava sempre la sorella.

Il suo cellulare segnava le 13.08, era in pausa pranzo. Quella settimana aveva già accumulato svariate ore di straordinario, ed era solo mercoledì. Eppure, nella boutique in avenue Montaigne, si sentiva in colpa, neanche stesse usando la carta di credito di Frédéric. La caccia alla *mise* era già durata anche troppo, in quella boutique doveva assolutamente trovare qualcosa. Quel vestito doveva entrarle a ogni costo.

Mentre combatteva con l'abito azzurro, Pétronille si chiese perché avesse la coscienza sporca. "Solo smettendo di voler fare colpo sugli altri, potrete finalmente realizzarvi." Lo aveva letto in qualche oroscopo e le era rimasto impresso perché era la verità. Sarebbe voluta diventare pasticciera, però si era iscritta a Legge per fare colpo sul padre. E aveva portato Dorothée nell'appartamento di Frédéric perché voleva fare colpo sulla sorella. E più di tutti, voleva fare colpo su Frédéric. Perché Frédéric aveva qualcosa che spingeva gli altri a voler fare colpo su di lui, e perché lei era sempre stata ben lontana dal fare colpo. Perché Frédéric era affascinante. Perché Frédéric era bravo in tutto e perché... perché si era presa una sbandata! Pétronille si sforzò di scacciare quel pensiero imbarazzante, specialmente adesso che era mezza nuda in un camerino. No, no, no, non sono innamorata di Frédéric.

La seconda ragione della coscienza sporca di Pétronille era Fabrice Nile. Non aveva ancora trovato nulla su di lui.

Un braccio alzato, il vestito aggrovigliato sopra il seno, l'altro braccio che armeggiava nel tentativo di tirare ancora più giù la cerniera già completamente aperta, Pétronille teneva la testa piegata all'indietro per paura di macchiare con il trucco la seta azzurra e pregava a occhi chiusi: "Fa' che non si strappi, fa' che non si strappi". Mentre era in questa posizione, suonò il cellulare. Pétronille aprì gli occhi, si contorse per arrivare alla borsa e riuscì a disincastrare una mano quel tanto che bastava per afferrare il telefono. Frédéric.

Era tecnicamente impossibile che Frédéric la vedesse nello stretto camerino dell'elegante boutique con indosso biancheria scolorita e il segno dei gambaletti sui polpacci bianchi. Pétronille si impose comunque di non rispondere. Tirò a sé i jeans con l'alluce e coprì il cellulare per attutire la suoneria.

"Tutto bene?" domandò Dorothée impaziente.

"Hmm, ancora non lo so, ma sono ottimista," rispose Pétronille, che finalmente era riuscita ad abbassare il vestito sul seno. Ora il problema erano i fianchi. E Frédéric. E il segnale di un messaggio in segreteria. Era una lotta continua. Pétronille trattenne il respiro e provò di nuovo ad abbassare il vestito e – miracolo! – ci riuscì. A quel punto però la seta era tutta spiegazzata e Pétronille aveva la fronte imperlata di sudore. Si guardò allo specchio. Oddio, oddio, oddio! Poi si calmò, tirò la pancia in dentro e il seno in fuori, si raccolse i capelli, inclinò il busto all'indietro, piegò una gamba, fece una smorfia, si osservò di profilo, si mise una mano sul fianco, la tolse, finse di ridere per un complimento immaginario, si sollevò in punta di piedi, si sciolse i capelli e girò la testa per guardarsi il sedere. Tre chili. Quattro, per andare sul sicuro. Mancavano dieci giorni alla festa. Poteva farcela. L'essenziale era mettersi subito a dieta e per quel giorno non mangiare nient'altro.

"Allora?" incalzò Dorothée.

"Perfetto. Lo prendo," gridò Pétronille dal camerino.

"Fatti vedere."

"No, no, aspetta... un attimo..."

Ma Dorothée aveva già scostato la tenda e fissava la sorella a occhi sgranati.

"Ok, magari adesso non fa proprio un figurone, ma non ho il trucco adatto e ho appena mangiato un panino. Lo so che è un po' stretto, però mi piace lo stesso. Ora devo andare, ha chiamato Frédéric." Pétronille iniziò a cambiarsi.

"Calma," disse Dorothée. "Prima devi trovare le scarpe..."

"Accidenti, le scarpe..."

Di solito Pétronille adorava comprare scarpe perché le scarpe entrano sempre, a prescindere dalle variazioni di peso. Ma al pensiero del messaggio di Frédéric le venne un crampo allo stomaco. Ovviamente Dorothée si era accorta che la sorella voleva andarsene in fretta, e Pétronille – se possibile – aveva la coscienza ancora più sporca. Quello doveva essere un momento soltanto loro, invece lei non riusciva a togliersi dalla testa il maledetto lavoro. Per fortuna Dorothée la conosceva bene e la capiva.

Si sedette accanto a lei nel camerino e disse piano: "Di solito ti piace tanto comprare scarpe. Cosa c'è che non va?".

Pétronille fece un respiro profondo. Strizzata nell'abito azzurro, con l'etichetta che spuntava dietro al collo, di colpo buttò fuori tutta la sua frustrazione e si sfogò con la sorella. Le disse che tra i seminari all'università e il part time da Frédéric lavorava come un mulo l'intera settimana e il weekend. Che le toccava occuparsi di un mucchio di fesserie che avrebbe benissimo potuto sbrigare una stagista di sedici anni, come fare fotocopie, amministrare la collezione d'arte, aggiornare il sito, tenere le note spese, organizzare i viaggi, preparare i documenti per il commercialista, portare i vestiti in lavanderia, comprare un caricabatterie nuovo per l'iPhone ("Tre ore per andare e tornare dall'Apple Store, ti rendi conto?"). Che Frédéric le affibbiava stupide incombenze come chiamare quel cliente insopportabile, Witherspoon, per confermare gli appuntamenti, cosa che in teoria spettava alla sua segretaria da Dentressengle-Espiard & Smith ("Che tra l'altro guadagna il triplo di me!"). Che era talmente esausta che non riusciva più a dormire e nemmeno a mangiare ("Forse non sembra, ma spesso salto il pranzo"). Che Frédéric notava soltanto se qualcosa non andava e, come se non bastasse, ogni volta che lo vedeva arrossiva come una ragazzina, e non solo era estremamente imbarazzante, ma di certo non faceva colpo. Raccontò a Dorothée che Frédéric non le aveva concesso nemmeno un paio di giorni di ferie per la festa a sorpresa per l'anniversario dei genitori e che avrebbe voluto preparare una torta nuziale con ottanta bignè e il croccante, ma non sapeva dove trovare il tempo. E adesso anche la ricerca su Fabrice Nile, ci mancava solo quello.

Un uomo – per giunta morto – spuntato di punto in bianco su cui Frédéric voleva sapere tutto. E sembrava anche una questione di estrema importanza. Pétronille non sapeva neppure perché doveva trovare notizie su Fabrice Nile, visto che non compariva in nessuna delle pratiche di Frédéric. Non sapeva dove sbattere la testa: nulla su Google, nulla sui giornali, nulla sull'elenco del telefono, nulla neanche su Facebook. Veniva da pensare che quell'uomo non fosse mai esistito. E ufficialmente non era neppure autorizzata a cercare informazioni riservate, visto che non si trattava di una causa in corso. La mattina dopo doveva mandare una relazione a Frédéric e non aveva niente in mano.

Dorothée, che si era pazientemente sorbita la tirata della sorella senza interromperla, disse: "Ascolta, ti propongo un patto: tu dimentichi tutto diciamo per..." guardò l'orologio, "...quarantaquattro minuti. Durante questi quarantaquattro minuti spegni il cellulare, per una volta tanto non pensi al lavoro e compri le scarpe più belle del negozio. In cambio, io ti aiuto con la relazione su questo Fabrice Nile. La scriviamo insieme. Che ne dici, vuoi essere la mia *aitante*?".

"Va bene," mormorò Pétronille trattenendo un sorriso, poi appoggiò la testa sulla spalla di Dorothée. "Sei la sorella migliore del mondo."

Dorothée prese il cellulare di Pétronille e lo spense. "E ora fammi vedere un'altra volta come ti sta il vestito," le ordinò.

Pétronille si sistemò e si mise in posa. Dorothée la squadrò con espressione seria e infine esclamò con un sorriso radioso: "Farai colpo!".

Quarantaquattro minuti dopo, Pétronille uscì dalla boutique con un paio di splendide décolleté e i preziosi consigli della sorella. Nella relazione doveva scrivere soltanto che stava seguendo una pista molto promettente, ma che era ancora troppo presto per parlarne. Poi sarebbe andata a Pontoise per iniziare le ricerche dall'ospedale dove Fabrice Nile aveva trascorso le sue ultime settimane. Era un bell'impegno, ma ce l'avrebbe fatta.

Pétronille si sentiva già più sollevata. Poco prima di arrivare alla stazione della metropolitana, accese di nuovo il cellulare. Quando ascoltò il messaggio di Frédéric si afflosciò. Accidenti! Le chiedeva di fare una cosa che detestava: doveva telefonare a John Witherspoon per comunicargli una brutta notizia. Sarebbe andato su tutte le furie: Frédéric voleva disdire il loro appuntamento per sabato e fissarne un altro per lunedì. Quanto le stava antipatico, Witherspoon. Sosteneva che per lui Frédéric era come un figlio, povero il figlio vero! In quel momento Pétronille non aveva nessuna voglia di chiamarlo. Lo avrebbe fatto più tardi dall'ufficio.

Mentre superava il tornello della metropolitana, si rese conto che Frédéric non aveva mai disdetto un appuntamento con un cliente.

8.

Frédéric guardò l'orologio: le 21.46. Era seduto in una moderna poltrona di design. Indossava lo smoking, ma non aveva ancora abbottonato la camicia. Osservava il Sisley. Sul display dello smartphone appoggiato sulla coscia comparve una mail di Pétronille. *Sto seguendo una pista...* Le 21.47. Quando avrebbe trovato il coraggio di chiamare Dany per dirle che quella sera non sarebbe andato da lei?

L'anno in cui "Télé Star" l'aveva eletta "l'attrice più amata di tutta la Francia" per il suo ruolo nella serie poliziesca di TF1, Dany Simonet aveva divorziato dal marito trentacinquenne. Erano passati sei anni. Adesso il suo sorriso al botox dominava tutti i ricevimenti, per la maggior parte organizzati da lei e dal nuovo marito, di vent'anni più giovane. Frédéric era stato il suo avvocato durante il divorzio e aveva redatto il suo contratto prematrimoniale. Da allora l'attrice esigeva di averlo al suo fianco a ogni festa e appena era un po' brilla flirtava con lui. Grazie a lei, cinque anni prima Frédéric aveva conosciuto Marcia, che in realtà non amava i grandi eventi mondani, ma un invito di Dany Simonet non si poteva rifiutare. La sua rubrica era una specie di "Who's who" dello show business. Quella sera gli aveva mandato un sms per dirgli che aveva una sorpresa per lui. Per la prima volta Frédéric non si sarebbe presentato, oltretutto avvisandola all'ultimo minuto. Dany non l'avrebbe presa bene. Ma la mattina dopo Frédéric avrebbe chiesto a Pétronille di mandarle un enorme mazzo di fiori accompagnato da un biglietto con una frase carina, e la faccenda si sarebbe risolta.

Quando finalmente si decise a comporre il numero, rispose la segreteria. Frédéric tirò un sospiro di sollievo e lasciò detto che non si sentiva molto bene.

Si alzò per prendere il pacchetto di sigarette che teneva in un cassetto della consolle. Ogni tanto alle feste fumava, ma in casa mai. Quella sera però non riusciva a farne a meno. Si avvicinò alla finestra e il fumo si dissolse sullo sfondo della città illuminata. La verità era che dall'incontro con il notaio (o dalla consegna del Sisley?) soffriva d'insonnia. Dormiva male da tre giorni e faticava a concentrarsi sul lavoro. Stava invecchiando. Da ragazzo era abituato a sgobbare quattordici ore al giorno, sei giorni su sette. L'anno seguente però avrebbe compiuto quarant'anni: per quanto ancora poteva sostenere quel ritmo? Aveva urgentemente bisogno di una vacanza. Una vacanza vera. Il Gran Premio di Monaco e i due o tre weekend a Saint-Tropez in estate e a Gstaad o a Verbier in inverno erano comunque appuntamenti di lavoro, viaggi d'affari per ampliare la sua rete di relazioni. A volte era ospite di Dany, di John o di altri clienti facoltosi. Per il resto, Frédéric si concedeva solo qualche puntata a New York in occasione di grandi aste di dipinti impressionisti. Immancabilmente qualcuno ben più ricco di lui acquistava un Monet o un Van Gogh per quindici, venti milioni di dollari, e Frédéric stringeva i denti. Un giorno il fortunato sarebbe stato lui. Un giorno avrebbe provato di nuovo l'indescrivibile felicità che lo aveva invaso quando il banditore di Sotheby's aveva aggiudicato *Snow at Marly-le-Roi* di Alfred Sisley per 530.000 dollari a Mister Frédéric Solis. Un giorno anche lui avrebbe alzato la mano per un Monet, a Londra o a New York. Doveva solo continuare a lavorare più degli altri e coltivare le sue conoscenze.

In quell'istante Frédéric si rese conto che nell'ultima settimana aveva trasgredito due volte la regola di non annullare mai un appuntamento con un cliente. Si sentiva in difetto, e proprio per questo aveva chiesto a Pétronille e non a Catherine, la sua segretaria da Dentressengle-Espiard & Smith, di spostare l'incontro con Witherspoon. Così avrebbe mantenuto la sua buona reputazione: Frédéric Solis non annulla mai un appuntamento. Mai!

Perché all'improvviso andava contro tutti i suoi princìpi? Non dipendeva solo dalla stanchezza, ma dall'assurda, irrazionale e pericolosa convinzione che lo assillava di continuo: che Fabrice Nile lo avrebbe condotto a un dipinto impressionista.

Frédéric voleva smettere di pensarci. Eppure ci pensava. Capitava spesso di ritrovare capolavori in qualche soffitta, in particolare opere di pittori a cavallo tra il Diciannovesimo e il Ventesimo secolo. In molti casi appartenevano a persone talmente abituate ad averle da non riconoscerne più il valore. L'abitazione di Pissarro, per esempio, era stata saccheggiata durante la guerra franco-prussiana ed erano sparite dozzine di dipinti. Sarebbero mai stati ritrovati? Scoprire nuovi Monet, invece, era più raro, per la semplice ragione che erano troppo celebri.

Ma un secondo tarlo tormentava Frédéric. Quando pensava a Fabrice Nile, nella sua memoria si faceva largo anche un altro nome. L'unico nome che gettava un'ombra sulla sua esistenza. L'unico nome nelle cui sillabe si nascondevano segreti e silenzi. L'unico nome che lo svegliava di soprassalto nel cuore della notte. Frédéric spense la sigaretta nel posacenere di Hermès, prese l'iPhone e scrisse una mail a Pétronille.

Oggetto: Pratica Fabrice Nile.
Verificare possibili legami con ERNEST VILLIERS.

Aveva appena inviato la mail quando il cellulare suonò. Era Dany. Frédéric lo lasciò suonare. Prese la mappa del tesoro e tornò a sedersi in poltrona. Mentre osservava i minuscoli svolazzi di Fabrice Nile, si abbandonò ai pensieri. Quei disegni avevano un modo di parlargli che andava oltre ogni significato recondito. Il tratto, pur mostrando una certa approssimazione, possedeva una sua bellezza, un'eleganza grezza che faceva dimenticare la qualità scadente della carta. Frédéric fissò a lungo il foglio aperto sulle sue gambe, finché gli si annebbiò la vista. Le tre notti in bianco ebbero la meglio su di lui.

All'improvviso spalancò gli occhi, tornando lucido di colpo. In un angolo del disegno, accanto alla mano dell'uomo anziano, identificò un punto nero, simile a una nota su un pentagramma. Sollevò la mappa e lo esaminò attentamente. Non era una nota, ma una gazza appollaiata su una staccionata in un paesaggio innevato. Frédéric non aveva dubbi. Quel dettaglio veniva da uno dei dipinti più conosciuti di Claude Monet: *La gazza*.

9.

Per la quarta notte consecutiva Frédéric non dormì. Sulla sua sveglia digitale le 23.59 diventarono le 00.00 e il 14 dicembre cedette il passo al 15. Un'altra finestrella che si apre sul calendario dell'Avvento, pensò.

E a un tratto rivide il 5 dicembre del 1979 e rivide una piccola casa in un villaggio della Normandia. Era domenica, perché stavano trasmettendo *L'école des fans*, e Frédéric aveva il permesso di guardare il programma. Era seduto davanti al televisore in bianco e nero, mentre sua madre stirava. Pino Latuca accompagnava al piano il sibilo del ferro da stiro.

La porta d'ingresso cigolò.

"Sono io! Ho trovato un albero bello grosso!" Frédéric scivolò giù dalla panca e corse incontro al padre che cercava di non far cadere l'abete, alto il doppio del bambino. "Da Mammouth, erano appena arrivati. Ho preso il più bello."

Sua madre non lo guardò nemmeno e si limitò a mormorare: "Splendido, così ci ritroveremo aghi dappertutto". In effetti l'abete si era già lasciato dietro una scia di aghi, rametti e terra fino alla sala da pranzo.

Frédéric aiutò il padre a sistemarlo nell'angolo tra il camino e la piccola libreria con le ante in vetro su cui erano appoggiati il telefono e l'elenco. Appeso alla parete con una puntina, il calendario. Poi andarono nel capanno. Il padre salì su uno sgabello e tirò giù dall'ultimo ripiano dello scaffale una scatola di cartone piena di addobbi natalizi.

Frédéric trascorse l'intero pomeriggio ad addobbare l'albero insieme al padre. Di tanto in tanto, la madre si presentava armata di scopa e paletta per raccogliere gli aghi e i sottili fili argentati sparsi sul pavimento e parlava con il marito di cose da adulti. La conversazione proseguì quando la madre sistemò la mangiatoia, e Frédéric ascoltò.

"No, martedì non puoi andare dal dentista," disse il padre. "Devo partire per Giverny e torno tardi. Te l'ho detto due giorni fa. L'ho anche segnato sul calendario perché non lo dimenticassi. Guarda."

Indicò con il dito il foglio del mese di dicembre, su cui un bambino aveva scritto "Babbo Natale" al 25.

"Cosa devi fare a Giverny?" domandò la madre.

"Quello che ti ho detto due giorni fa. È per il calendario del 1981. Roger vorrebbe pubblicare i *Pagliai* di Monet. Dobbiamo trovare un accordo con gli eredi, e visto che Giverny non è lontana, la cosa migliore è farlo di persona. Roger ha fissato un appuntamento. Frédéric, attento con quelle luci, altrimenti prendi la scossa. Aspetta, lascia fare a me, piccolo."

Trentadue anni dopo Frédéric ricordò che sul calendario appeso sopra al telefono l'illustrazione del mese di dicembre era *La gazza*.

10.

Dall'altra parte della città, Pétronille, che a tarda sera lavorava ancora nel suo appartamento nel Dodicesimo arrondissement, ricevette la mail di Frédéric. Ernest Villiers. Il nome le diceva qualcosa, ma non riusciva a inquadrarlo. Bene o male tutti i clienti di Frédéric erano persone famose, probabilmente aveva letto un articolo su di lui da qualche parte. Scrisse Villiers/F. Nile sulla lunga lista delle cose da fare e trasalì quando le cadde l'occhio sul nome Witherspoon sottolineato in rosso. Aveva dimenticato di chiamarlo per spostare l'appuntamento. Lo avrebbe fatto la mattina dopo, come prima cosa, e per sicurezza sottolineò di nuovo il nome con un evidenziatore arancione.

Pétronille era distrutta, ma non si decideva ad andare a dormire. Il gomito puntellato su una pila di documenti e la guancia appoggiata al palmo, navigava su Internet. Pensava alla festa per l'anniversario dei genitori. Nulla di eclatante, solo una cena alla buona da Dorothée. Ma la sorella, che faceva sempre le cose in grande, avrebbe sicuramente trasformato il suo già elegante appartamento in un castello da fiaba. Le aveva detto di aver calcolato una persona in più, per via dell'oroscopo. Che assurdità. Com'era possibile che Pétronille incontrasse qualcuno nel giro di otto giorni?

Eppure fantasticò sull'effetto che avrebbe fatto arrivare

accompagnata da un uomo. Un uomo alto, moro, intelligente, impeccabile, in smoking... Gli altri ospiti gli avrebbero chiesto com'erano i ricevimenti da Castel con Dany Simonet...

Pétronille raddrizzò la schiena e cercò di scacciare quel pensiero imbarazzante. Adesso doveva proprio andare a letto. Il giorno dopo – anzi, poche ore dopo – avrebbe avuto bisogno di tutte le sue energie per iniziare le ricerche all'ospedale di Pontoise.

11.

Sabato 15 dicembre, ore 10.50, Gare Saint-Lazare. Frédéric stringeva il biglietto tra le dita intirizzite dal freddo e, come molti altri, aspettava con la testa sollevata verso il grosso tabellone delle partenze. La stazione non aveva più nulla di quella dipinta da Monet nel 1877: le nuvole di vapore azzurro, le sfumature grigio-verdi, l'atmosfera romantica – tutto sparito. Frédéric pregava forse che il treno non arrivasse mai? Le scritte sul cartellone si aggiornarono e l'altoparlante annunciò che il treno per Éragny-Neuville era in arrivo al binario 12. Frédéric avvertì un crampo allo stomaco. Si avviò lentamente. Qualcuno, che invece aveva molta fretta, lo urtò con il trolley. Carrozza 12, seconda classe. Eccola. Non doveva fare altro che salire. E se gli avevano teso una trappola? Se era in pericolo?

Si guardò intorno. Cosa cercava? Un viso conosciuto? Qualcuno che lo teneva d'occhio? Un sicario nascosto dietro un chiosco? Gli altri passeggeri erano concentrati sulla partenza e con il pensiero erano già arrivati a destinazione prima ancora che il treno si mettesse in movimento. Al momento la loro unica preoccupazione era il timore di un viaggio scomodo.

Mentre saliva i gradini dell'Intercity, Frédéric avvertì la stanchezza fisica e mentale dovuta alle tante notti in bianco. Di colpo si sentì debolissimo ed ebbe l'impressione di ritrovarsi in una realtà che non era la sua. Stava andando incontro all'ignoto.

Infine raggiunse il posto che, stando al biglietto, era prenotato per lui. Vicino al finestrino. Lo trovò occupato da un ragazzo di diciassette anni al massimo, con un paio di jeans logori, un berretto di lana su cui era cucito un teschio, svariati tatuaggi e un lettore mp3. La musica che usciva dagli auricolari era talmente forte che si sentiva in tutto il vagone. Frédéric sospirò. Non aveva pazienza con gli adolescenti, soprattutto con quelli che si credevano adulti e ancora meno con quelli che si credevano fichi. Batté sulla spalla del ragazzo.

"Questo è il mio posto."

"Oh, mi scusi, Monsieur."

Frédéric, che non si aspettava quella gentilezza, si pentì immediatamente del tono brusco. Appena il ragazzo si sistemò nel posto accanto, si sedette e disse: "Non c'è problema".

Scambiare quelle poche parole gli fece dimenticare per un attimo la sensazione di malessere. Era seduto e il controllore stava annunciando la chiusura delle porte: ormai non poteva più tornare indietro. Per darsi un'aria di importanza iniziò ad armeggiare con lo smartphone. La batteria era quasi scarica. Cercò di concentrarsi sulla sua agenda elettronica. Pétronille aveva dimenticato di confermare il nuovo appuntamento con Witherspoon. E la relazione su Fabrice Nile? Le mandò una breve mail avvisandola che voleva essere aggiornato al più tardi entro lunedì mattina. Negli ultimi tempi il rendimento di Pétronille lasciava alquanto a desiderare. Ma nemmeno quel pensiero lo tenne occupato a lungo. Frédéric osservò gli altri passeggeri. Nessuno faceva caso a lui. Erano tutti tranquilli e indifferenti, e si cullavano nell'illusione di sapere esattamente cosa li aspettava una volta giunti a destinazione.

Fuori dal finestrino sfilava la periferia della città, e Frédéric guardò i graffiti e i magazzini abbandonati. Ne sono cambiate di cose da quando gli impressionisti dipingevano le locomotive a vapore e le scampagnate sulle rive della Senna, pensò. Il rumore monotono del treno gli faceva venire sonno e per poco non si appisolò. Quando il ragazzo accanto a lui gli rivolse la parola, Frédéric trasalì.

"Le dà fastidio la musica?"

"No, assolutamente," mentì Frédéric.

"Ho bisogno di non pensare, di distrarmi in qualche modo," aggiunse il ragazzo dopo un attimo di silenzio. "Tra poco incontrerò mio padre."

Frédéric sorrise educatamente, sperando che il vicino di posto non attaccasse bottone.

"Non l'ho mai conosciuto. Ci ho messo un bel po' a trovarlo, ma ora che so dov'è non lo mollo. Sembrava contento che andassi da lui. Abita ad Argenteuil. Non sono mai stato fuori Parigi, ma Argenteuil non è lontano. Se penso che è sempre stato lì, a due passi. Con la tariffa ridotta non ho pagato quasi nulla. Ho sempre creduto... che ne so... che vivesse tipo a Timbuctù."

Il ragazzo scoppiò a ridere.

"Sa, a volte nella vita bisogna cercare la propria verità personale. Conosce Platone, il filosofo? Lo stiamo studiando a scuola. I miei compagni si lamentano che è difficile, secondo me invece è interessante. Platone dice che tutti noi viviamo in una caverna e quello che vediamo sono solo ombre. Solo ombre, e non ha mica torto. È più facile gestire le ombre che la verità. Ma ognuno deve cercare la propria verità personale al di là delle ombre. Lo dice Platone.

"Mi sarebbe bastato convincermi che un bel giorno avrei visto mio padre. Si dice sempre domani, lo farò domani. Conosco bene questo atteggiamento di rimandare tutto. Ma a volte nella vita capitano delle cose che ti rimettono in riga."

Solo allora Frédéric si accorse che sotto il berretto il giovane era pelato. *Nella vita capitano delle cose che ti rimettono in riga.* Aveva il cancro.

"Ne uscirò, sono uno che lotta. Ma sono convinto di non potercela fare senza prima aver trovato la mia verità personale. Capisce cosa voglio dire? Per questo vado ad Argenteuil. Lo so, le sto rompendo le scatole. Rompo le scatole a tutti. I miei amici non mi sopportano più. A essere onesto, me la sto facendo sotto. Ma anche se mio padre fosse uno psicopatico... lo faccio per me, non per lui."

Il ragazzo infilò il lettore mp3 in tasca scoprendo il braccio tatuato. Intorno a elaborati ideogrammi giapponesi spiccava la parola TRUTH in caratteri gotici. Il disegno attirò l'attenzione di Frédéric. Non l'aveva già visto da qualche parte?

"Me la sto facendo sotto perché... be', in realtà ho ancora più paura che sia una brava persona, capisce? Di rimpiangere il tempo perduto e roba simile..."

"Sì, capisco," replicò d'impulso Frédéric. Capiva perfettamente. Il ragazzo lo guardò con gratitudine e si mise a ridere.

"Ma considerando i gusti di mia madre, sarà sicuramente uno psicopatico. Buon viaggio, Monsieur."

Il ragazzo si alzò, prese la sua sacca e si allontanò lungo il corridoio. Frédéric si sforzò di dominarsi e tenere a freno le emozioni. A un tratto si sentiva ancora più vulnerabile. Poi ricordò dove aveva visto quegli strani caratteri: sulla mappa di Fabrice Nile intorno alla parola "verità" che si perdeva nell'intrico di dettagli microscopici. Sì, adesso Frédéric ne era sicuro: Fabrice Nile doveva aver visto il tatuaggio e aveva tradotto la parola dall'inglese. Fabrice Nile voleva che lui incontrasse quel ragazzo. Frédéric balzò in piedi e corse in corridoio, bloccato da una nonna con la nipotina e un'enorme valigia. Provò a passare, ma davanti alle porte si era formato un capannello di persone che arrivavano dall'altro lato. Il treno stava entrando nella stazione di Argenteuil. *La Gare d'Argenteuil.* Monet aveva dipinto anche quella. D'inverno, con la neve.

Frédéric si fece largo, ma non vide più il ragazzo. Quando il treno si fermò, scese e si guardò intorno sul binario. Niente. Cosa doveva fare? Proseguire il viaggio fino a Éragny o seguire la nuova pista? Come molte altre piccole stazioni, sicuramente anche quella di Argenteuil aveva una sola uscita. Se avesse corso, forse sarebbe riuscito a raggiungere il ragazzo e chiedergli spiegazioni.

Segui il cammino dei rifiutati. No, il rebus non gli era di nessun aiuto. I pittori impressionisti avevano dipinto sia la stazione di Argenteuil sia quella di Éragny. Doveva davvero trattenere quel ragazzo mentre andava dal padre che non aveva mai conosciuto? Il segnale della chiusura delle porte gli rimbombò nelle orecchie. Frédéric salì di nuovo sul treno e tornò al suo posto.

"La propria verità personale." Non riusciva a togliersi dalla testa le parole del ragazzo. *Truth.* Non era forse vero che lui invece era fuggito di fronte alla realtà? Mancava ancora una decina di minuti a Éragny, e Frédéric cercò con tutte le forze di non pensare al padre. Al padre, che nel 1979 era uscito di casa, pochi giorni prima di Natale, e non era più tornato. Un giorno però, quando era già grande, Frédéric aveva ricevuto una lettera. Una busta di carta sottile, una grafia inclinata e un indirizzo sul retro. Villa de Saxe 25, 75007 Parigi. Lo ricordava ancora. Non c'era nessun carcere, lì. Sarebbe potuto essere lui il ragazzo che prendeva il treno per conoscere la propria verità personale. Ma ormai era troppo tardi. Il tempo era passato – trentadue anni. Quasi 12.000 giorni che a poco a poco avevano cancellato il ricordo dell'uomo che progettava calendari. Quasi 12.000 notti in cui un bambino si era ripetuto che doveva essere forte e dimenticare suo padre. E quando di punto in bianco aveva ricevuto la lettera, il piccolo Frédéric era cresciuto e aveva deciso di non leggerla. Di non rivangare il passato.

Il treno entrò lentamente in stazione. Era arrivato a Éragny.

12.

Frédéric aspettava sulla banchina. I passeggeri scesi insieme a lui se ne erano già andati da un pezzo e quelli che dovevano prendere il treno successivo non erano ancora arrivati. Nevicava. Oltre a lui c'era solo un giovane, probabilmente immigrato, che aspettava seduto su una panchina del binario di fronte, stretto in un piumino, il cappuccio calato sulla testa. Il suo respiro disegnava spirali bianche, e ogni tanto si sfregava le mani. Doveva essere una di quelle persone che bighellonano nelle stazioni perché non hanno nulla di meglio da fare, pensò Frédéric. Per il resto non si vedeva anima viva. Era sparito perfino il ferroviere.

Visto che ormai c'era, Frédéric aveva fatto un giro per il paese, naturalmente senza scoprire nulla di particolare. A Éragny non avrebbe trovato nulla: avrebbe dovuto seguire il ragazzo ad Argenteuil, l'indizio di Fabrice Nile si nascondeva lì. Troppo tardi! Non gli restava che tornarsene a casa e aspettare i viaggi successivi. Anche lui, come il giovane sulla panchina, non aveva nulla da fare, quindi pensò a Marcia.

Marcia. Se solo lei non avesse avuto quel chiodo fisso che alla fine li aveva allontanati, quel desiderio sempre più urgente di mettere su famiglia come tutti... Frédéric non voleva, e si erano lasciati. Era stata una decisione di Marcia.

Adesso, otto mesi dopo, Frédéric era ancora infuriato con lei, ma non riusciva a dimenticarla.

Frédéric alzò il bavero del cappotto e gettò un'occhiata all'orologio della stazione. Il prossimo treno per Parigi non sarebbe arrivato prima di venticinque minuti. Si voltò verso il binario di fronte: se n'era andato anche il giovane nordafricano. Ora era completamente solo. Nevicava sempre più forte. E se con quel tempo il treno fosse rimasto bloccato? Frédéric tirò fuori il cellulare dalla tasca. Batteria scarica. Pétronille...

"Sa quando passa il treno per Parigi?" Frédéric sussultò sentendo la voce del giovane con il cappuccio. Quando lo guardò si accorse che non era così giovane come gli era sembrato, doveva essere sulla quarantina. Aveva i capelli ricci e neri e il bianco degli occhi candido come la neve.

"Alle 12.24," balbettò Frédéric.

"Manca ancora mezz'ora," sospirò l'uomo. "Be', mi toccherà aspettare. Per caso ha visto dove è finito il bigliettaio?"

"No. Forse è in pausa pranzo. Però c'è il distributore automatico."

L'altro non batté ciglio e si stravaccò sulla panchina come aveva fatto sul binario di fronte. Frédéric rimase in piedi, dritto come un fuso, due uomini soli sotto il cielo bianco davanti alle rotaie grigie. I minuti passavano.

E a un tratto in quello scenario desolato si sentì una risata. O meglio, un suono a metà tra un singulto e uno sbuffo.

"Certa gente ha proprio un gran senso dell'umorismo!"

L'uomo con il cappuccio seduto alle spalle di Frédéric ridacchiava tra sé.

"Avevo un amico," continuò. "Un caro amico. È morto due settimane fa."

"Mi dispiace," disse Frédéric irrigidendosi ancora di più.

"Povero diavolo. Ma per lui è stato meglio così. Comunque sia, mi ha lasciato un'eredità. Io pensavo che fosse, che so, una collezione di francobolli, il suo gatto o magari tre milioni su un conto svizzero. E invece mi ha lasciato un biglietto del treno. E io, come uno stupido, salto sul treno e parto. In sua memoria. In memoria dei bei tempi."

"Forse non voleva che dimenticasse," azzardò Frédéric con il cuore in gola.

"Ovviamente la prima cosa che ho pensato è stato rivendere il biglietto," disse l'uomo con il cappuccio. "Ma a quanto pare i biglietti non possono essere cambiati né rimborsati. Non che mi stupisca. È sempre stato un tipo strambo, il mio amico. Qualcosa dentro di me mi diceva che lui voleva che prendessi quel treno e allora l'ho preso, ma continuo a non capire perché."

"Le ha lasciato qualcos'altro?" domandò Frédéric.

"No, niente. Solo il biglietto."

"Come si chiamava il suo amico?"

"Fabrice."

"Fabrice Nile," completò Frédéric. La tensione stava calando e adesso aveva voglia di parlare.

"Esatto, Fabrice Nile," confermò l'uomo con il cappuccio. Alzò la testa e puntò i profondi occhi neri su Frédéric, guardandolo con simpatia. "E lei come lo sa?"

Frédéric tirò fuori il biglietto dalla tasca. "La mia eredità."

"No, non ci credo! Che figlio di buona donna! Fabrice voleva che ci incontrassimo. Gli amici dei miei amici sono miei amici..."

"Fino a quattro giorni fa non avevo mai sentito parlare di Fabrice Nile," disse Frédéric.

"Di bene in meglio. Be'..." Allungò la mano. "Jamel."

"Frédéric."

I due uomini si strinsero la mano. Un treno merci passò sferragliando, i binari vibrarono e il frastuono rimbombò nella stazione. Poi calò di nuovo il silenzio.

"E ora che facciamo?" domandò Jamel con un sospiro. "Andiamo a bere una birra alla salute di Fabrice?"

"Possiamo parlare in treno. Io devo rientrare a Parigi."

"Sì, anch'io. Quel bastardo non mi ha lasciato neanche il biglietto di ritorno."

"Se vuole, ci penso io," disse Frédéric aprendo il portafoglio, ma Jamel lo bloccò con un cenno. Andò a fare il biglietto all'automatico. Quando si allontanò, Frédéric si accorse che zoppicava.

Il binario iniziò a riempirsi. Frédéric teneva d'occhio Jamel. Non se lo sarebbe lasciato sfuggire come il ragazzo. Quando tornò, Jamel gli chiese: "Ah, mi è venuta in mente una cosa. Dica un po', non è che conosce un avvocato?".

"Io sono un avvocato."

"Monsieur Solis?" domandò Jamel indicandolo con un dito.

Frédéric annuì. Jamel sgranò gli occhi, sorrise soddisfatto e i denti bianchissimi brillarono nel viso scuro.

"Questa sì che è bella," commentò. "Non l'avrei mai detto. Un avvocato me lo immaginavo molto più vecchio, una specie di mummia decrepita."

"Fabrice Nile le ha parlato di me?"

"Certo, amico. Un sacco di volte, anche. Solis, l'avvocato. Quello che deve avere il quadro."

13.

Quando le porte dell'ascensore si aprirono, Pétronille fece un respiro profondo. Era arrivata. Al terzo piano dell'ospedale Saint-Nicolas di Pontoise, venticinque chilometri a nord-ovest di Parigi. Aveva dovuto fare ricorso a tutta la sua inventiva e a tutto il suo coraggio per scoprire in quale reparto era stato ricoverato Fabrice Nile. E ora doveva mettere di nuovo alla prova entrambi, perché le vere ricerche cominciavano in quel momento.

Dorothée aveva consigliato alla sorella di partire dalla mensa, il posto dove in genere si chiacchiera di più. Pétronille entrò senza fare rumore nella piccola sala dai colori pastello con vasi di margherite di seta sui tavoli. Alcuni infermieri in camice bianco e zoccoli sanitari andavano e venivano. Nessuno sembrava fare caso a lei. Era un reparto di degenza post-operatoria. Lì la fretta non esisteva, ogni cosa era rallentata. Soprattutto però sembrava stranamente deserto.

Senza esitare, Pétronille si sedette accanto all'unica persona presente nella mensa, un uomo con un paio di pantofole nuove. Doveva aver passato la settantina. Era alto, con la schiena curva e un'aria vagamente sprovveduta. Portava piccoli occhiali e aveva la barba bianca, un po' ingiallita. Teneva in mano delle forbici e sfogliava una rivista di giardinaggio. Sul tavolo erano sparpagliati fiori ritagliati, un tubetto di colla e una grande busta marrone da cui spuntavano dalie su carta patinata.

Pétronille si scusò per il disturbo e gli chiese in tono dolce se aveva conosciuto un uomo di nome Fabrice Nile.

"Fabrice? Certo che lo conoscevo. È una parente? No, domanda stupida. Fabrice non aveva famiglia. Non capita spesso che qualcuno chieda di lui. In realtà non capita mai. Invece valeva la pena conoscerlo, glielo garantisco. Non sarà mica della polizia?"

"Santo cielo, no," balbettò Pétronille. "Non sono una parente, tuttavia... cioè... è complicato. Mi farebbe molto piacere se mi raccontasse qualcosa di lui, della sua vita. Che tipo era, cosa faceva."

Dato che l'uomo la squadrava con sospetto, Pétronille decise di rischiare il tutto per tutto.

"Non lo conoscevo, ma avrei voluto."

"Le credo quando dice che è una faccenda complicata," sospirò. "Era tipico di Fabrice. Cosa vuole che le racconti? Quel poveretto..."

Pétronille vide con sorpresa che si asciugava una lacrima dalla guancia.

"Non si preoccupi, è colpa di quelle maledette medicine che mi danno per la gamba. Piango per qualsiasi cosa. Anche se la storia di Fabrice non è certo divertente. Sa, ha vissuto in strada per... sì, per quasi quindici anni. Ma credo che glielo abbia detto."

"Sì, lo sapevo."

L'uomo tacque. Fissò i fiori ritagliati sparsi sul tavolo, e Pétronille temette che ricominciasse a piangere. Mentre rifletteva su cosa fare, l'uomo si alzò.

"Venga, le faccio vedere una cosa," disse.

A una parete della sala era appeso il poster di un workshop sui pirati per i bambini dell'ospedale. Accanto, una lavagna di sughero tappezzata di polaroid fissate con le puntine. Ritraevano persone sorridenti che mostravano alla macchina fotografica collage e cartoline di luoghi esotici. C'era anche un piccolo manifesto con l'immagine delle mani intrecciate di un vecchio, una donna e un bambino. Sulla foto si leggeva, scritto in inglese: *La famiglia non ha niente a che vedere con i legami di sangue ma con la mano che qualcuno ti tende quando ne hai più bisogno*. Sopra la lavagna c'era scritto: *La caccia al tesoro*, e nella riga sotto: *Sabato e mercoledì 14.00-15.30*.

Appoggiato alle stampelle, l'uomo indicò una foto. "Fabrice."

Pétronille la osservò con attenzione. "Piacere di conoscerla, Fabrice Nile," mormorò quasi tra sé. Lui la guardò dalla parte opposta dell'obiettivo. Aveva la pelle arrossata, gli occhi pesti e un livido blu e giallo sul sopracciglio, ma sorrideva. Il sorriso impacciato e insieme orgoglioso di chi non è mai stato fotografato prima. Il foglio che rivolgeva alla macchina non era un collage come quello degli altri, era ricoperto di ghirigori neri che sembravano disegni in miniatura e al centro risaltava un punto rosso.

"Cosa significano i collage?"

L'uomo staccò la foto di Fabrice e tornò lentamente al tavolo. Pétronille lo seguì.

"Uno degli infermieri tiene un corso. Proprio oggi pomeriggio, se le interessa."

"Purtroppo devo ripartire tra mezz'ora. Accompagno mia sorella a fare un'ecografia. È incinta."

L'uomo non dava l'impressione di ascoltarla. "Mademoiselle," esordì con un sorrisetto malizioso, "se chiedesse a qualcuno, una persona qualunque, cosa desidera nella vita, secondo lei cosa risponderebbe?"

Pétronille ricordò il giorno che aveva portato Dorothée nell'appartamento di Frédéric. "Felicità, credo, e ricchezza."

"Esattamente. Tutti noi attraversiamo la vita desiderando

di essere felici. E non da ieri, ne parlavano già i filosofi greci. Gli uomini sono fatti così. In ogni parte del mondo. Sono tutti uguali. Non è vero?"

Pétronille annuì.

"Se invece io le dicessi: Mademoiselle, ha giocato sei numeri al Lotto e ha vinto, è molto più ricca di quanto avesse mai sognato. Ora che dispone dei mezzi necessari, deve solo decidere come cambiare la sua vita per essere felice. Cosa farebbe?"

"Mmm... Devo pensarci. Forse mi comprerei qualcosa, per esempio..."

"Vede!" esclamò l'uomo con voce trionfante. "Deve pensare a cosa la renderebbe *davvero* felice! E se dicessi al suo vicino che ha vinto al Lotto eccetera, anche lui dovrebbe pensarci. E crede che userebbe i soldi nello stesso modo in cui li userebbe lei?"

"Quasi sicuramente no."

"È questo il punto. Tutti gli uomini desiderano la felicità, ma la felicità non è uguale per tutti. Capisce cosa voglio dire?"

Pétronille si chiese cosa c'entrasse con Fabrice Nile.

"Al corso *La caccia al tesoro* ognuno riflette su cosa lo renderebbe felice. Immagina... la vita ideale, se vogliamo chiamarla così, e la raffigura. Incolla su un foglio ritagli di giornale. Stranamente è facile riconoscere i nuovi arrivati: scelgono sempre le spiagge delle Seychelles." Ridacchiò. "Non ha idea di quanti cataloghi di viaggi siano stati tagliuzzati. A un certo punto però tutti iniziano a scavare un po' più a fondo e trovano cose più personali. E alla fine ogni collage è diverso dall'altro."

Mentre parlava, l'uomo infilava nella busta i fiori ritagliati. Pétronille scorse una vecchia foto in bianco e nero, probabilmente degli anni sessanta. Il ritratto di una giovane donna in una cornice a forma di cuore.

"Fabrice Nile non faceva collage," disse.

"No." L'uomo sorrise. "Preferiva disegnare, anziché ritagliare immagini. Era bravissimo. Nei suoi disegni c'è tutto quello che sognava. Guardi, ha scritto anche delle parole: verità, tolleranza, giardino, amore. Forse lei non la vede, ma questa è una macchinina giocattolo. Gli è venuta molto bene. Una minuscola Corvette coupé del 1961. Lo sapeva che era meccanico?"

Gli occhi dell'uomo si inumidirono di nuovo, e Pétronille gli posò una mano sulla spalla.

"Mi dispiace. Devono essere ricordi dolorosi per lei..."

"No, no, sono queste maledette medicine, gliel'ho detto. Gli piacevano le belle macchine, soprattutto le Corvette. Un giorno, all'edicola sotto casa mia, ho trovato il modellino di questa Corvette del '61 e l'ho regalato a Fabrice. Avrebbe dovuto vedere com'era contento... Oh, accidenti alle medicine. Chiederò al medico di cambiarmele. Fabrice non era vecchio, sa. Sembrava vecchio, ma in realtà era ancora giovane..."

E l'uomo prese il via. Parlò e parlò, e Pétronille conobbe per filo e per segno l'intera vita di Fabrice Nile da uno sconosciuto, il primo a cui si era rivolta. La strada, l'alcol, la morte della moglie, la fortuna a carte ("Vinceva sempre!"). I vestiti piegati con estrema cura, tanto che sembravano appena usciti dalla lavanderia. Il fegato che gli dava problemi, il sogno di aprire un'officina per auto d'epoca, la conoscenza dello spagnolo ("Sembrava nato in Spagna: parlava spagnolo addirittura meglio di alcuni spagnoli che ho conosciuto"). La rabbia nei confronti dei sussidi statali, i blocchi da disegno, la passione per la gara ciclistica Paris-Brest-Paris, gli amici di strada che ogni tanto venivano fino al parcheggio, la ferita alla gamba che una volta si era perfino riempita di larve. I ricordi d'infanzia, le vacanze in Bretagna con la madre, la commozione quando parlava di lei, le barzellette che raccontava a pazienti e infermieri. "Fabrice era una persona d'oro, gli volevamo tutti bene."

Sì, doveva essere davvero una persona d'oro, si disse Pétronille che non si era persa una parola. Sperò che non fosse rimasto invischiato in faccende poco chiare. In un certo senso, il pensiero che ormai quel poveretto fosse al sicuro la rincuorò. Sarebbe bastato per la relazione da mandare a Frédéric? Cosa voleva sapere di preciso? Pétronille ringraziò l'uomo, che si chiamava Maurice, per il racconto su Fabrice Nile. Ma ora doveva proprio andare, altrimenti sarebbe arrivata tardi all'appuntamento con la sorella.

"Peccato che non possa fermarsi per il corso, Pétronille. Solleva il morale."

"Sul serio? Non è deprimente immaginare una vita che non avremo mai?"

Maurice la guardò raggiante.

"Si sbaglia di grosso. Nel momento in cui si mette su carta diventa reale. Glielo assicuro, è così."

Pétronille gli lanciò un'occhiata scettica.

"Però sono necessari due presupposti. Primo, bisogna rappresentare sulla mappa del tesoro la vita che vorremmo vivere veramente e non quella che pensiamo sia la più adatta a noi. E secondo, bisogna crederci."

Pétronille fissò l'uomo dritto negli occhi. Maurice ci credeva. Rivide i fiori ritagliati dalle riviste che aveva infilato nella busta.

"Vivo da solo in un appartamento con vista sul raccordo. Un giardino è fuori discussione," disse piano l'uomo, neanche le avesse letto nel pensiero.

Pétronille si chiese se l'emotività provocata dalle medicine fosse contagiosa, perché a un tratto si sentiva un groppo in gola. Strinse la mano a Maurice, promettendo di tornare presto e partecipare ad almeno una lezione del corso.

Era in ritardo. Si affrettò lungo il corridoio semideserto e per poco non andò a sbattere contro un medico che stava aprendo la porta di una stanza. Superandolo lo sentì chiedere: “Come sta oggi, Monsieur Villiers?”.

E quando si voltò verso la stanza 312 mentre la porta veniva richiusa, Pétronille ricordò dove aveva già letto quel nome: sul certificato di nascita di Frédéric che aveva allegato alla domanda per il rinnovo del passaporto... Ernest Villiers era suo padre.

14.

Dorothée sfogliava un numero di “Paris Match” di tre anni prima nella sala d’aspetto dello studio medico. Pétronille non era venuta. Forse si era dimenticata dell’ecografia. Il suo capo, quel Frédéric, la faceva impazzire. Sua sorella lavorava troppo. Inoltre Dorothée sospettava che si fosse presa una sbandata per il bel principale. Non avrebbe dovuto punzecchiarla sull’argomento.

Pétronille entrò trafelata, corse dalla sorella e la abbracciò. Era in un bagno di sudore.

“Ieri notte ho lavorato fino alle tre, stamani mi sono addormentata in treno e ho saltato la stazione. Sono andata in quell’ospedale a Pontoise...”

Senza neanche riprendere fiato, raccontò a Dorothée tutto quello che aveva saputo su Fabrice Nile, su Maurice e sulle mappe del tesoro. Alla fine le confidò che aveva anche scoperto qualcosa sul padre di Frédéric.

“È un po’ strano che il tuo capo ti chieda di trovare informazioni su suo padre,” intervenne Dorothée.

“Infatti. Assurdo, eh? Ma sono sicura che non sappia che il padre è malato.”

“Come fai a dirlo?”

“Perché sono io che tengo le note spese. Mi consegna tutte le ricevute del taxi, i biglietti del treno e le fatture del ristorante, quindi ti dico con certezza che non è mai stato a Pontoise."

"E noi non abbiamo ancora idea del perché si interessi tanto a questo Fabrice Nile?"

"No, Sherlock, non ancora," rispose Pétronille.

Dorothée sorrise. "Già. Lunedì gli consegni la relazione e finalmente chiariremo la faccenda."

Pétronille finse di riflettere. "Glielo dirò, però non subito. A pensarci bene, lui mi ha chiesto di scoprire che rapporto c'era tra suo padre e Fabrice Nile. Il fatto che entrambi fossero ricoverati nello stesso ospedale non ci aiuta. Forse erano amici, forse erano nemici, forse il padre di Frédéric ha soffocato Fabrice Nile nel sonno. Chi lo sa. Oddio, ma cosa sto dicendo?"

"Appunto. E comunque non aiutano nemmeno i sotterfugi," la avvisò la sorella.

"Non sono sotterfugi. Voglio solo completare la relazione. Domani torno all'ospedale."

"Ricordati che domani dobbiamo comprare i regali di Natale."

"Abbiamo tempo anche il prossimo fine settimana. Ti ho raccontato che l'ospedale era quasi deserto, no? Probabilmente i pazienti trascorrono il sabato e la domenica con la famiglia. Vale a dire che per me è meno rischioso e che..."

"...chi resta lì non ha una famiglia," completò Dorothée. "Come il tuo Maurice, Fabrice Nile e... il padre di Frédéric. È triste..."

"Sì," sospirò Pétronille.

Calò un attimo di silenzio.

"Non so come avvicinare suo padre," disse poi Pétronille, quasi parlando tra sé. "Non posso mica piombargli in camera e fargli domande sulla sua vita, sarebbe una bella sfacciataggine."

Dorothée la guardò con l'aria di avere la soluzione. "Ah, devi ancora imparare un paio di cosette, mia piccola *aitante*. Prima di tutto, atteggiamento sicuro. La sfacciataggine paga! Cosa fa ogni detective che si rispetti per uscire da una situazione di emergenza, anche se sembra disperata?"

Pétronille fece una smorfia e guardò la sorella.

"Usa la sua *specialità*."

"E qual è la mia specialità?" chiese Pétronille.

"Lo chiedo io a te."

"Non ho nessuna specialità."

"Pensa a cosa ti riesce bene," la incalzò Dorothée con un sorrisetto divertito.

"I dolci! I bignè?!" esclamò Pétronille.

"Bravissima. I bignè. Da una parte abbiamo un uomo vecchio e malato, che nessuno va a trovare nemmeno se fra una settimana è Natale. A essere sincera, provo una gran pena per lui. E dall'altra ci sei tu, una donna giovane e simpatica che prepara ottimi bignè ma non sa mai a chi rifilarli. Quel pover'uomo non aspetta altro che fare due chiacchiere con qualcuno, ci scommetto tre *macarons à la framboise* di Ladurée. Prendi due piccioni con una fava: finisci la relazione e fai felice una persona."

"Non è una cattiva idea," approvò Pétronille.

La porta della sala d'attesa si aprì e l'infermiera chiamò: "Madame Dorothée Joly, prego, si accomodi".

Assorta nei suoi pensieri, Pétronille seguì la sorella.

Pochi minuti dopo Dorothée era distesa sul lettino. Il suo bel pancione rotondo brillava, cosparso di gel su cui il medico muoveva la sonda tracciando solchi invisibili. Era un ometto dall'aria simpatica, con le mani ruvide e i ricci grigi. Tre paia di occhi erano puntate sul monitor dai riflessi verdognoli su cui poco alla volta si formò l'immagine del piccolo miracolo che cresceva nella pancia di Dorothée. E mentre la sonda dell'ecografo seguiva il profilo del bambino per la futura madre a cui batteva forte il cuore, Pétronille gridò: "Accidenti, no!!!".

Il medico e Dorothée trasalirono all'unisono e la guardarono. Pétronille si batté la mano sulla fronte e sbirciò l'orologio, terrorizzata.

"Ho dimenticato di disdire l'appuntamento con Witherspoon." E scappò di corsa.

Il cellulare di John Witherspoon, che aspettava Frédéric a qualche isolato di distanza, suonò. Dopo aver ascoltato le scuse balbettanti di Pétronille, le guance dell'uomo diventarono paonazze per la rabbia.

Dal canto suo, Pétronille impallidì nel sentire le imprecazioni di Witherspoon. Dorothée la ritrovò tremante davanti alla porta dell'ambulatorio. Dimenticare di avvisare Witherspoon, il cliente più importante e più difficile di Frédéric, che l'appuntamento era stato spostato, era un errore che poteva costarle il rinnovo del contratto. Dorothée propose una cioccolata calda da Pierre Hermé. Mise un braccio intorno alle spalle della sorella e le mostrò le prime immagini del nipotino. E Pétronille si convinse che il suo errore non era poi così grave.

Il medico chiuse la porta dietro le due sorelle che si allontanavano abbracciate e si voltò verso l'infermiera. Ancora una paziente. Santo cielo, era così stanco! L'ultima visita e finalmente sarebbe iniziato il weekend. Per quel giorno ne aveva abbastanza di pancioni. L'infermiera gli passò il grosso organizer pieno di orecchie, lui lesse il nome della paziente successiva e si riprese di colpo. Quando l'infermiera fece per aprire la porta, la bloccò: "Un attimo, per favore". Sparì in bagno e ricomparve quindici secondi dopo: si era sistemato la cravatta, pettinato ravviando la scriminatura e rinfrescato. Si avviò verso la sala d'aspetto, aprì delicatamente la porta e disse con nonchalance: “Mademoiselle Gärtener, prego, si accomodi”.

Con grazia, Marcia Gärtener si alzò in tutto il suo metro e settantasette mettendo in mostra la pancia rotonda. Sfoggiava un décolleté mozzafiato e profumava di Shalimar. L’ultima ecografia della giornata. Il bambino sarebbe nato all’inizio del nuovo anno.

15.

Dopo la lunga e strana conversazione avuta in treno con Jamel, a Frédéric girava la testa. Si diresse a passi rapidi verso casa. Si sarebbe rilassato un po', poi avrebbe riflettuto con calma sull'accaduto. Non aveva ancora chiuso il portone che Madame Boule gli andò incontro con tutta la velocità permessa dalle pantofole e l'età avanzata. Era terrorizzata.

"Oh, Monsieur Solis... Mentre non c'era è successa una disgrazia. Non ho potuto evitarla..."

Frédéric pensò subito a un furto. Il Sisley!

"Monsieur Solis, l'ufficiale giudiziario..."

L'ufficiale giudiziario. Le fatture non pagate. Il suo assegno rifiutato dalla banca.

Madame Boule proseguì tutto d'un fiato: "Io gli ho detto che doveva esserci un errore, che lei è una persona affidabile. È venuto insieme a un fabbro. Non ho potuto fare nulla. È terribile".

"Non si preoccupi, Madame Boule," disse Frédéric a denti stretti sforzandosi di mantenere la calma. "È davvero un errore, ci penso io."

"Sì, certo, lei è avvocato. Però è una vergogna che possano entrare così in casa della gente. Hanno lasciato i documenti sulla consolle. Non hanno voluto darmeli."

"Grazie, Madame Boule. Vorrei chiederle un favore. Lo sa anche lei che certe faccende sono riservate..."

"Ci mancherebbe! Si fidi di me, le mie labbra sono sigillate. Nel nostro mestiere ci sono un sacco di pettegoli, ma io non sono il tipo. Non sta bene."

"Grazie, Madame Boule. Stia tranquilla. Buona serata."

Frédéric salì le scale di corsa. Aprì la porta di casa e accese la luce. I suoi dipinti erano ancora al loro posto. Sapeva come funzionavano quelle cose. Prese l'ingiunzione di pignoramento dalla consolle: proprio quello che temeva. Adesso il Sisley, il cui valore era dieci volte più alto dell'ammontare dei debiti, era di proprietà del creditore. Il dipinto doveva restare nell'appartamento e Frédéric non poteva venderlo. Se entro un mese non avesse pagato i 50.000 euro arretrati, l'ufficiale giudiziario sarebbe venuto a confiscarlo. E Frédéric non l'avrebbe più rivisto.

Tremando di rabbia afferrò il cellulare, poi si ricordò che la batteria era scarica. Lo scagliò sul pavimento fracassando il display e corse al telefono fisso nello studio. Passò l'ora successiva a discutere con Paul, il suo commercialista. La situazione era a dir poco catastrofica. Per troppo tempo Frédéric aveva chiuso gli occhi di fronte al tracollo finanziario. Paul gli aveva detto fin dall'inizio che era da pazzi contrarre tutti quei debiti per acquistare un'opera d'arte. Ora doveva rimettersi in sesto e saldare, oppure si sarebbe ritrovato l'ufficiale giudiziario alla porta.

Frédéric e il commercialista valutarono tutte le possibilità. Gli amici. Sì, Frédéric aveva amici a cui poteva chiedere la Porsche o la villa a Saint-Tropez per il weekend. Aveva amici con cui poteva sfogarsi. Ma nessuno, nessuno, a cui poteva confidare di essere al verde. Ammettere di non avere più un soldo era troppo umiliante per chi era nato senza. Un aristocratico poteva anche decadere, un ex povero no.

Dopo aver fatto calcoli e analizzato strategie per un'ora,

Frédéric ebbe un'idea su come procurarsi 50.000 euro in contanti ed evitare il sequestro del dipinto. Primo, avrebbe venduto il lampadario di cristallo al suo antiquario di fiducia.

Secondo, avrebbe chiesto un piccolo favore a Witherspoon, l'unico che conosceva in grado di risolvere i suoi problemi. Certo, era un rimedio estremo, ma in quelle condizioni non gli restava altra scelta. Lunedì mattina lo avrebbe chiamato.

16.

Pétronille era davanti alla porta della stanza 312 con un contenitore di plastica azzurro in mano. Aveva bussato, anche se non molto forte, ma non rispondeva nessuno. Quel giorno si giocava tutto. Il pensiero di non aver avvisato John Witherspoon che l'appuntamento era stato spostato non le dava pace. La mattina seguente avrebbe dovuto confessarlo a Frédéric. Se si fosse presentata in ufficio con una relazione minuziosa avrebbe fatto buona impressione e forse lui sarebbe stato disposto a lasciar correre. Per la visita a Ernest Villiers, Pétronille aveva preparato dieci bignè al pistacchio.

Bussò di nuovo. Ancora niente. Con le imprecazioni di Witherspoon e la paura di perdere il lavoro che le frullavano in testa, aprì piano la porta.

"Monsieur Villiers? È permesso?"

Ernest Villiers, solo nella camera doppia, dormiva nel suo letto. Pétronille si era immaginata un paziente ricoverato per un intervento all'anca o un braccio rotto, quell'uomo invece era gravemente malato e ridotto a uno scheletro. La pelle del viso era giallognola e i radi capelli bianchi lasciavano intravedere delle chiazze sulla fronte. Dal certificato di nascita di Frédéric risultava che Ernest Villiers aveva sessantasette anni. In quelle condizioni ne dimostrava cento. Pétronille pensò a suo padre, un uomo atletico e pieno di energia, che a sessantatré anni ancora non mostrava segni di stanchezza, e per un istante immaginò con una fitta di dolore a come si sarebbe sentita se in quel letto ci fosse stato lui.

Quando si avvicinò al malato, Pétronille ebbe un attimo di smarrimento. La stanza era silenziosa, e l'uomo sembrava solo e abbandonato. Tornò alla porta in punta di piedi. Doveva aspettare che si svegliasse? Gettò un'occhiata al contenitore con i bignè, si diresse di nuovo verso il letto e lo posò sul comodino senza fare rumore. Voleva dire qualcosa, si torse le mani e corse via.

"È una parente?" le domandò qualcuno, mentre chiudeva la porta. Pétronille sobbalzò.

Era il medico che aveva già visto il giorno prima.

"No... ecco, io... sono un'amica. Cioè, è una storia complicata."

Il medico la squadrò.

"È molto malato, vero?" chiese Pétronille.

Il medico le fece cenno di seguirlo, e Pétronille temette di essere nei guai.

"Ha detto di essere un'amica?"

"Sì, sono un'amica del figlio."

"Frédéric? Lo sa che non è mai venuto a trovare il padre?"

"Sì, io..." balbettò Pétronille.

"Non sono affari miei, però ci terrei a informarla sul suo stato di salute, dato che è la prima persona a interessarsene. E di sicuro sarà anche l'ultima."

Pétronille aveva la bocca secca.

"Ernest Villiers ha un tumore. Le metastasi sono diffuse in tutto il corpo. Lo abbiamo sottoposto a numerosi interventi. Sfortunatamente ormai quasi tutti gli organi vitali sono compromessi. Stiamo aspettando i risultati degli esami fatti dopo l'ultimo ciclo di terapia, ma non nutro grandi speranze. Soprattutto trattandosi di un uomo con il fisico già minato da un infarto. Mi dispiace doverglielo dire in modo così brutale, Mademoiselle, ma molto probabilmente Monsieur Villiers non supererà il Natale."

Pétronille era senza parole. Non aveva mai visto una persona in fin di vita. L'immagine di Ernest Villiers privo di conoscenza le si impresse a fuoco nella mente.

Stordita, seguì il medico all'ascensore. Lui le assicurò che in ospedale il paziente riceveva le cure migliori e altre cose di routine. Pétronille avrebbe voluto dire qualcosa, ma era già stato detto tutto.

"Può mangiare i bignè al pistacchio?" buttò là all'improvviso.

Il medico sorrise. "Non so se avrà appetito, però non ci sono controindicazioni. Anzi, credo che un paio di bignè al pistacchio gli farebbero bene."

Tre minuti dopo Pétronille si ritrovò nel parcheggio, tremante, senza sapere come fosse arrivata fin lì. Le si leggeva in faccia che era sconvolta, ma i suoi pensieri diventarono sempre più chiari man mano che si allontanava dall'ospedale.

Odiava il lunedì, e in particolare quello che stava per arrivare, ma in fondo non era poi così grave dover dire a Frédéric che il suo cliente più importante era arrabbiato con lui per colpa sua. Prima o poi si sarebbero calmati tutti e due.

Il problema, piuttosto, era un altro: informarlo che suo padre stava morendo in un ospedale alla periferia di Parigi.

Sì, concluse Pétronille, sarebbe stato il peggior lunedì della sua vita.

17.

Frédéric si svegliò alle due di pomeriggio e in un primo momento non capì neanche dove fosse. Non era abituato a dormire tutto il giorno, ma dopo la sfilza di notti in bianco era andato a letto all'ora in cui gli altri si alzano. Si sentiva a pezzi. Quando si vestì e uscì nel freddo pungente, il sole stava calando.

Camminando senza meta arrivò in rue de Rivoli, generalmente tranquilla la domenica. Adesso invece i negozi aperti in vista del Natale erano presi d'assalto. La ressa che si accalcava sotto addobbi e decorazioni sembrava posseduta dalla smania di spendere e spandere. Due donne cariche di pacchi litigavano per un taxi. Gli altoparlanti diffondevano canti natalizi. Frédéric si rallegrò per aver scelto di non avere problemi simili. Niente famiglia, niente regali, niente concessioni alla follia commerciale che chiamavano Natale. E andava bene così, considerando che era sul lastrico. Pensò a Marcia e subito si obbligò a scacciare quel pensiero.

Svoltò in un'altra strada e arrivò alla Senna. Lì poteva passeggiare e riflettere in santa pace. Inspirò a fondo l'aria invernale e si disse che forse si sarebbe sistemato tutto. Per una frazione di secondo credette che Fabrice Nile fosse entrato nella sua vita per arricchirla di cose belle. Per godersele, doveva solo farsi guidare. Imbarcarsi in quegli strani viaggi. Lasciare che fosse il destino a indicargli il cammino da percorrere. Ma la frazione di secondo passò in fretta, cedendo il posto alla paura che gettava un'ombra sui possibili scenari.

Frédéric ricordò la conversazione avuta il giorno prima con Jamel. Erano sul treno che li riportava a Parigi. Aveva cercato di scoprire qualcosa sul dipinto che Fabrice Nile voleva regalargli prima di morire, ma a quanto pareva il suo nuovo amico non ne sapeva nulla. O non voleva dire nulla.

"Mi ha chiesto più volte di aiutarlo a far avere un quadro all'avvocato," aveva raccontato Jamel. "Io gliel'ho promesso, anche se ne parlava in maniera generica chiamandolo 'il quadro per l'avvocato'. La mia era una promessa sincera, avrei fatto di tutto per lui, ma è morto prima di dirmi qualcosa di più preciso. A ripensarci, credo che non avesse intenzione di spiegarmi di più. Voleva solo che gli promettessi di aiutarlo. Un bel guaio. Se lei ha qualche idea su cosa fare, conti pure su di me."

Frédéric aveva riflettuto. "Ovviamente lei non ha mai visto il dipinto."

"No, però Fabrice ha detto che è di Monet."

Per un istante il cuore di Frédéric aveva smesso di battere. "Claude Monet?"

"Be', ecco, io per i nomi..."

"È sicuro che abbia detto Monet?"

"Sicurissimo, perché lo ha pronunciato come *money. Give me the money.*" Jamel aveva agitato le braccia a scatti come un rapper, ridendo della sua battuta.

"Crede che sia un Monet autentico?" aveva domandato Frédéric dopo una breve pausa.

"E che ne so? Insomma, non vorrei che si facesse illusioni... Un Monet vale una montagna di soldi, no? Non me ne intendo di arte, ma ogni tanto guardo il telegiornale. Non penserà mica che uno come Fabrice, che poteva permettersi un pasto caldo ogni due giorni, possedesse un pezzo da museo? Inoltre non frequentava solo stinchi di santo. Si sa che per strada si incontrano i tipi più strani. Comunque, Fabrice le ha lasciato altro insieme al biglietto del treno?"

Frédéric aveva fissato Jamel e poi distolto lo sguardo. "No."

Anche Jamel aveva chinato la testa, abbattuto.

Infine il treno si era fermato alla Gare Saint-Lazare.

In mezzo al frastuono della stazione, Jamel si era rivolto a Frédéric: "Senta, le ho detto praticamente tutto quello che so. Quanto a Fabrice, a volte raccontava un sacco di sciocchezze. Io c'ero abituato e lo lasciavo parlare. Magari però per lei hanno un senso. Quindi se le viene in mente qualcosa, possiamo provare a risolvere il rebus insieme. L'ho giurato, la consideri una promessa tra vecchi amici, ok? Sarei contento se lei avesse il quadro, che valga una fortuna o un bel nulla. Se Fabrice voleva che lo avesse lei, deve averlo. Eravamo compari, capisce? Gli ho dato la mia parola d'onore e su Jamel si può contare. Le lascio il mio numero di telefono, se le venisse voglia di chiamarmi".

Frédéric si era segnato il numero, gli aveva stretto la mano e lo aveva guardato allontanarsi zoppicando e sparire tra la folla. Quando Jamel aveva allungato la mano verso di lui, gli era venuto un groppo in gola. Quanta inaspettata profondità in quel tipo dall'aria un po' smarrita. Aveva attribuito la simpatia nei confronti dello sconosciuto alla stanchezza e alla paura dell'ignoto. Ma era commosso anche adesso, mentre passeggiava sulla riva della Senna.

Frédéric cercò di riordinare i pensieri. Di sicuro il quadro era senza valore, una di quelle copie che si trovano ai mercatini. Indubbiamente Fabrice Nile aveva talento, i suoi disegni non erano affatto male, ma da lì a copiare un Monet ce ne correva. Esisteva anche la possibilità che fosse un dipinto rubato. Se il suo sospetto era giusto, alla fine di quei viaggi misteriosi rischiava di avere a che fare con dei truffatori. Frédéric era contrario per principio al traffico di opere d'arte, ma avrebbe recuperato lo stesso a qualunque prezzo un dipinto trafugato. Sarebbe stato anche abbastanza forte da consegnarlo alla polizia? Oppure lo avrebbe tenuto nel suo appartamento, lontano dagli occhi del mondo? La gita in barca era fissata per due giorni dopo. Frédéric immaginò mille situazioni possibili, una più irreale dell'altra.

Mentre proseguiva la sua passeggiata, fu preso dalla malinconia della domenica, quel malessere che a volte nasce dalla solitudine. Le domande esistenziali danzavano a braccetto con i fantasmi del passato, e i rimorsi prendevano forma nel crepuscolo. Frédéric aveva camminato più di quanto gli fosse sembrato e senza rendersene conto era arrivato sul pont des Arts. Quando si appoggiò al parapetto per ammirare Notre-Dame vide un lucchetto, poi dieci, poi centinaia, migliaia di lucchetti appesi alla rete metallica. Su ognuno erano incisi i nomi degli innamorati. Alla luce dei lampioni brillavano come *paillettes*, gareggiando con la Tour Eiffel che si illuminò in quell'istante. Un giorno qualcuno aveva lasciato sul ponte un pegno del proprio amore, e dall'oggi al domani era diventata un'abitudine per tutti. Per i turisti di passaggio, per i parigini e, in un pomeriggio di primavera di un anno e mezzo prima, anche per Frédéric e Marcia. Naturalmente era stata lei a insistere, e per farla felice lui aveva accettato. Gli piaceva farla felice.

Contro ogni buonsenso, Frédéric seguì il parapetto contando i vari segmenti della rete. Strano, se lo ricordava ancora: la nona sbarra partendo dal Louvre. Dovette cercare un po', in quel punto c'erano almeno venti lucchetti. Alla fine lo trovò. Le iniziali e la data scritte con il pennarello indelebile erano sbiadite, ma ancora leggibili:

F + M
10 maggio 2011

F + M. Frasi misteriose sui biglietti. Tatuaggi sul braccio di un compagno di viaggio. Un paesaggio invernale scomparso di Monet. Con una gran confusione in testa, Frédéric lasciò vagare lo sguardo sulla città. Nulla aveva più un senso. Era ora di tornare a casa e staccare dal calendario il foglio di quella strana domenica.

Poi però sarebbe arrivato il lunedì, e quel pensiero lo spaventò.

18.

Pétronille si aggrappò alla domenica come un lucchetto al pont des Arts. Rimuginò su un unico pensiero per tutto il pomeriggio, e Dorothée dovette sorbirsi le previsioni catastrofiche della sorella che ripassava a voce alta il discorso da fare il giorno dopo a Frédéric.

Dorothée lo considerava un uomo senza cuore che lasciava morire il padre da solo, Pétronille invece non voleva arrendersi a quell'idea, pur non sapendo bene perché. Aveva sempre avuto la sensazione che Frédéric Solis, il brillante avvocato baciato dalla fortuna, il Ken delle riviste patinate, nascondesse dentro di sé un'immensa vulnerabilità. Durante quella domenica, ai suoi occhi Frédéric si trasformò in un moderno principe il cui splendore era offuscato da una pena indescrivibile. La fantasia galoppava a briglia sciolta, e Pétronille arrivò a immaginare che le trame del destino l'avessero portata sul cammino di quell'eroe così sensibile.

La paura le mise addosso un'agitazione febbrile. Tre ore di riflessioni ininterrotte ebbero come risultato il seguente piano: avrebbe spiegato a Frédéric che seguendo l'istinto aveva scoperto alcune cose su Fabrice Nile. A quel punto, se lui non era già seduto, gli avrebbe detto di sedersi, e avrebbe proseguito. Aveva deciso di andare all'ospedale di Pontoise (nel fine settimana!), dove Fabrice Nile aveva trascorso i suoi ultimi giorni. Là era venuta a sapere che esisteva un legame tra Fabrice Nile ed Ernest Villiers. Attualmente, infatti, Monsieur Villiers era ricoverato proprio in quell'ospedale. Riceveva le cure migliori, ma i medici le avevano detto che purtroppo le sue condizioni erano critiche (e qui avrebbe abbassato la voce) e non gli restava molto da vivere. Poi avrebbe posato la mano su quella di Frédéric.

"Frédéric, so che quell'uomo è suo padre. Mi dispiace così tanto."

Avrebbe aspettato la sua reazione, poi, con la dolcezza che la contraddistingueva, lo avrebbe convinto a vedere il padre per l'ultima volta. E grazie a quel gesto Frédéric avrebbe contribuito a rendere il mondo un posto migliore.

Pétronille, già in pigiama, prese un grande foglio bianco. Aveva diritto anche lei a una mappa del tesoro. Per prima cosa ritagliò un bignè da una rivista di cucina. Ritagliò anche l'immagine un po' naïf di una piccola pasticceria di provincia. Poi disegnò la Tour Eiffel. L'idea di non aver scelto simboli di una carriera legale o spiagge delle Seychelles la fece sorridere. Su Internet trovò la foto di una modella con il suo abito azzurro taglia 36 e la stampò. Continuò a fantasticare e incollò sul foglio il disegno pastello del piedino di un neonato.

Pétronille osservò il collage. Poi cercò un articolo infilato tra le pagine di un libro sui dolci al cioccolato: *Rottura tra Marcia Gärtener e Frédéric Solis*. Ritagliò la foto di Frédéric e la posò al centro della mappa.

Ma non la incollò.

19.

Jamel uscì dalla doccia profumato di pompelmo. Aveva letto da qualche parte che la fragranza degli agrumi stimolava la produzione di serotonina, l'ormone della felicità, ed era corso a setacciare tutti i negozi di Parigi a caccia di docciaschiuma e sali da bagno con estratti di pompelmo biologico. Era da lui. Fischiettando allegramente, andò in camera e prese un pigiama pulito dall'armadio. Mentre lo indossava, suonò il cellulare. Gli amici telefonavano spesso anche la sera tardi, e in fin dei conti erano solo le undici e un quarto. Attraversò zoppicando il grande appartamento, con librerie zeppe di libri alte fino al soffitto e una comoda zona salotto con un lungo tavolo circondato da tante sedie e due divani coperti di cuscini. Le finestre del quarto e ultimo piano di Villa de Saxe 25 nel Settimo arrondissement si affacciavano sul piccolo chiostro ben curato del monastero a fianco. Anche gli altri piani erano di Jamel. Li affittava ad amici, a prezzi decisamente inferiori rispetto a quelli stratosferici del quartiere.

Si sedette su uno dei divani e ascoltò il messaggio.

"Salve, Jamel. Sono Frédéric Solis... ehm... l'avvocato. Chiamo perché io... ehm... perché in realtà Fabrice Nile non mi ha lasciato solo il biglietto del treno. Non gliene ho parlato in treno perché... come dire... non ero sicuro... Comunque, sono giunto alla conclusione che è meglio fidarsi a vicenda. Fra le altre cose, ho ricevuto un biglietto per una gita in barca con partenza martedì da Vétheuil, nel Département Val-d'Oise. Mi farebbe piacere se venisse anche lei. Sempre che sia libero. Naturalmente sarebbe mio ospite. Porto anche il resto dell'eredità, e magari mi dice che cosa ne pensa. Le lascio il numero del mio cellulare. Mi chiami, così ci mettiamo d'accordo. Grazie mille, buona serata."

Jamel sorrise. Fissò il soffitto e restò per un po' disteso sul divano. Sì, aveva fatto bene. Avrebbe funzionato. Rivide il sorriso di Fabrice. Gli mancava molto.

"Ah, vecchio mio. Spero tu stia bene, lì dove sei adesso," mormorò.

Poi tacque, quasi aspettasse la risposta dell'amico.

"Sai," continuò puntando il cellulare verso il soffitto, "non devi essere morto invano. Funzionerà, amico mio. Funzionerà, ne sono sicuro."

Poco dopo si alzò e andò a letto. Si sistemò un paio di cuscini dietro la schiena e aprì un romanzo di avventura. Sorrise soddisfatto. L'indomani era lunedì – un bel giorno.

20.

Poco prima delle cinque di pomeriggio, Pétronille suonò alla porta di Frédéric. Era in anticipo di qualche minuto. In genere il lunedì mattina Frédéric le dava appuntamento allo studio Dentressengle-Espiard & Smith. L'ufficio, che divideva con una segretaria oltremodo antipatica, offriva una splendida vista sugli Champs-Élysées. Quel giorno invece le aveva detto di andare a casa sua, e solo nel tardo pomeriggio. Pétronille aveva passato l'intera giornata a mordicchiare una matita stando attenta a non macchiare il vestito scelto per l'occasione. Lisciò per l'ennesima volta il tubino classico verde bottiglia, che le metteva in risalto le curve e il colore degli occhi. Le facevano male i piedi, aveva esagerato con i tacchi.

Finalmente Frédéric aprì. Era al telefono e, senza degnarla di uno sguardo, le fece cenno di aspettare nel salone mentre lui finiva di parlare nello studio. Pétronille notò che aveva un cellulare antidiluviano. Si chiese che fine avesse fatto lo smartphone ultimo modello. Si sedette sul moderno divano di design e lo trovò particolarmente scomodo, specie mentre tirava in dentro la pancia. Frédéric continuò imperterrito la sua telefonata con il cliente, saltando di palo in frasca.

"Ok, perfetto, Richard," disse infine. "Sono molto contento che adesso tra voi sia tutto a posto. È una buona notizia. Un'ottima notizia. Se dovesse avere bisogno di me, non esiti a chiamarmi."

Pétronille si meravigliò, raramente Frédéric faceva discorsi simili. Sentendo i suoi passi, si alzò. Nello stesso istante il telefono suonò di nuovo e lui tornò nello studio.

Mentre aspettava impettita sul divano, Pétronille si guardò intorno. La casa era leggermente più in disordine del solito. Si accorse che mancava il lampadario di cristallo. Era già la seconda volta che notava che spariva qualcosa. Forse Frédéric voleva rinnovare l'appartamento. Strano però che non le avesse consegnato nessuna fattura di ordini o spese di trasporto. Ma qualcos'altro attirò la sua attenzione, facendole dimenticare quei dettagli. Un disegno incorniciato sulla consolle. In un primo momento Pétronille pensò che fosse l'opera di un artista contemporaneo acquistata di recente da Frédéric, poi però la riconobbe: era la mappa del tesoro di Fabrice Nile. Si alzò per osservare meglio le miniature che non era riuscita a vedere bene sulla foto appesa nella mensa dell'ospedale. Maurice aveva ragione, erano davvero belle. Accanto alla cornice era appoggiata una scatola di cartone mezza aperta. Pétronille scorse una lettera su cui compariva il nome Fabrice Nile. Controllò che la porta dello studio fosse chiusa e tolse il coperchio dalla scatola per leggere la lettera. Era un documento notarile che riguardava un'eredità. Notò anche delle frasi scritte sui biglietti con l'inchiostro rosso. *Una grande partenza verso nuove impressioni, segui il cammino dei rifiutati. / Ricorda il grande amore che dentro di sé nascondeva l'inverno. / Cogli al volo l'incanto del tuo piccolo lago o presto regnerai su un mare di fiori appassiti. / La profonda quiete delle cose.*

Quanti rebus! I rifiutati... potevano essere i pazienti dell'ospedale che non passavano il sabato e la domenica in famiglia. Ma perché scriverlo sul retro di un biglietto del treno per Éragny? E cosa significavano gli altri versi? Frédéric lo sapeva? Pétronille sentì di nuovo dei passi, rimise il coperchio al suo posto e corse a sedersi sul divano così in fretta che rischiò di slogarsi una caviglia.

Frédéric uscì dallo studio e si richiuse la porta alle spalle.

"E ora, a noi," annunciò con un sorriso tirato.

Pétronille lo squadrò mentre si sedeva su una delle poltrone sull'altro lato del tavolino da fumo. Aveva l'aria stanca e cerchi scuri sotto gli occhi. Ma restava un bell'uomo. La camicia tesa sul torace muscoloso e le maniche arrotolate sulle braccia abbronzate anche a dicembre. Le passò per la testa che per colpa di quel maledetto tavolino tra i piedi non avrebbe potuto posare la mano sulla sua. Fece un respiro profondo.

"Nel weekend ho lavorato e..." esordì.

"Pétronille," la interruppe Frédéric, "stamani ho parlato con John Witherspoon."

Santo cielo, Witherspoon! L'aveva completamente dimenticato.

"Oh, sono desolata per l'appuntamento, ma ho delle informazioni che..."

"Per me non è facile dirle quello che sto per dirle," la interruppe di nuovo Frédéric. "E lo faccio a malincuore, mi creda... Purtroppo però devo comunicarle che non posso rinnovarle il contratto."

Pétronille rimase pietrificata. Aveva la gola chiusa, non riusciva a proferire parola. Frédéric le spiegò con grande tatto che lei aveva numerose qualità, che lui apprezzava molto il suo lato creativo e il suo spirito d'iniziativa, ma che quel lavoro richiedeva soprattutto disciplina e affidabilità. Abbassò lo sguardo e aggiunse che la sua situazione economica non gli permetteva di pagarle i corsi di aggiornamento che l'avrebbero aiutata a svolgere al meglio i suoi compiti. Per farla breve, la decisione era irrevocabile.

"So che dovrei darle un mese di preavviso, ma visto che

il suo contratto scade tra dieci giorni, ormai non è più possibile. Perciò le propongo di smettere di lavorare oggi e le pagherò regolarmente i giorni che restano. Ho preparato i documenti necessari, se è d'accordo deve solo firmarli."

Si bloccò per un istante.

"Ho scritto anche una lettera di referenze, sono sicuro che non avrà nessun problema a trovare un altro impiego."

Pétronille deglutì. Le costò un grande sforzo ricacciare indietro le lacrime. "Sì, va bene," disse con la bocca secca.

Firmarono la lettera di licenziamento. Frédéric si offrì di chiamarle un taxi e le chiese di consegnare all'autista i documenti che aveva a casa. E con ciò era tutto, era libera. Sì, ma anche disoccupata, pensò Pétronille.

Si alzò. Frédéric le strinse calorosamente la mano e la ringraziò del suo lavoro. Pétronille si diresse alla porta tenendo in mano la lettera di licenziamento e quella di referenze. Quando era già sulla soglia, Frédéric la trattenne.

"Mi scusi, avrei ancora una domanda," disse esitante. "Non ha scoperto nulla su Fabrice Nile, vero?"

Pétronille lo guardò e vide tutta la vulnerabilità che aveva sempre intuito.

"No, infatti," si limitò a rispondere.

Frédéric abbassò la testa e annuì.

"Ok. Buona fortuna, Pétronille."

Ma Pétronille, gli occhi pieni di lacrime, stava già scendendo le scale di corsa.

21.

Frédéric si ritrovò solo. Per la prima volta nella sua carriera aveva dovuto licenziare qualcuno. Stimava molto Pétronille ed era stato combattuto per tutta la giornata. Ma non aveva scelta, visto che il mese successivo non sarebbe stato in grado di pagarla. E considerando che non voleva far sapere a nessuno i suoi problemi economici, il piccolo disguido con Witherspoon gli aveva fornito un buon pretesto. Frédéric sperava che Pétronille non la prendesse troppo a cuore. Per mettersi la coscienza a posto, le aveva scritto delle ottime referenze.

Bene o male era riuscito a calmare John, dopo essersi scusato personalmente e averlo convinto che non era necessario incontrarsi un'altra volta prima dell'udienza con il giudice, fissata per il giorno seguente. Per il resto era andato tutto storto. Aveva ricevuto un'altra raccomandata che lo sollecitava a saldare un pagamento in sospeso. La conversazione con la banca era stata una catastrofe. L'antiquario gli aveva versato una cifra ridicola per il lampadario di cristallo. Ma la cosa peggiore era stata la reazione di Dany Simonet, che era arrivata come un fulmine a ciel sereno: lo aveva radiato dalla sua vita.

La sorpresa che aveva in serbo per lui la sera della festa, nonché il motivo stesso della festa – sempre che dovesse essercene uno –, era l'annuncio del suo divorzio. E voleva brindare all'evento con il suo avvocato. Frédéric sapeva che le amicizie nate nei locali di Parigi erano prive di fondamenta, però non si aspettava che il suo rapporto con Dany andasse a rotoli così in fretta. Si era già presa un altro avvocato dello studio rivale. Frédéric era fermamente convinto che il vero motivo di quel comportamento non fosse tanto il fatto che non si era presentato, quanto l'indifferenza alle sue ripetute avance. In ogni modo, ora poteva mettere una croce anche sopra a tutte le conoscenze di Dany Simonet nello show business.

Frédéric aveva chiamato due potenziali clienti da cui era stato contattato in precedenza, ma uno – un presentatore televisivo un tempo molto famoso – preferiva rinunciare al divorzio nella speranza che la crisi passasse, e l'altro – una giovane cantante pop – aveva ravvivato la fiamma della passione coniugale grazie a una vacanza a Bali. Frédéric era con l'acqua alla gola: aveva perso un mandato e fatto arrabbiare John Witherspoon. Il vecchio Dentressengle lo chiamava "Monsieur Paris Match", e finché aveva quel soprannome la possibilità di diventare socio dello studio era a portata di mano, ma doveva trovare in fretta una celebrità in aria di divorzio. E la causa di Witherspoon doveva assolutamente filare liscia come l'olio. L'udienza era fissata per il giorno seguente. Anche la gita in barca, ma alle dieci di mattina, e Frédéric doveva essere in tribunale alle cinque, per quell'ora sarebbe tornato da un pezzo. Eppure si sentiva nervoso.

Uscita Pétronille, cercò di lavorare al caso Witherspoon, ancora da rivedere. Poco prima delle undici gli telefonò Jamel. Si diedero appuntamento per il giorno dopo e Frédéric tornò alle sue carte. Ormai però non riusciva più a concentrarsi, quindi decise di rimandare al rientro dalla gita. Era ora di dormire.

Il giorno dopo doveva andare tutto bene.

22.

Frédéric aspettava davanti al piccolo molo sulla Senna al margine del parco. Poco dopo scorse Jamel che gli zoppicava incontro. Fu contento di vederlo, anche se non avrebbe saputo dire perché. Il campanile della chiesa di Vétheuil batté le dieci.

"Sono felice di vederla, amico mio," lo salutò Jamel dandogli la mano.

"Spero di non averla fatta venire per nulla," rispose Frédéric. "Non è il periodo migliore per una gita in barca."

I due uomini ammirarono la Senna. Vicino a Lavacourt, sulla sponda opposta, in alcuni punti l'acqua era gelata. Lo strato di ghiaccio era bianco di neve. Un vento freddo sollevava qualche fiocco. Le barche ormeggiate alla banchina ondeggiavano sotto i teloni ghiacciati. In giro non si vedeva nessuno.

"Sarebbe stato più divertente se Fabrice avesse scelto un giorno di agosto," concordò Jamel sfregandosi le mani.

Frédéric sorrise. La riva della Senna immersa in un paesaggio grigio, le barche coperte di ghiaccio – sapeva perché Fabrice aveva scelto l'inverno per quella gita fuori stagione.

"Guardi, credo che stia cercando noi," disse Jamel con un mezzo sorriso.

Frédéric si voltò. Un africano avanzava attraverso il parco, era alto, con una barbetta rada, stivali da pescatore che lo facevano apparire vagamente ridicolo e un berretto di lana con il pompon che aveva visto tempi migliori. Teneva in mano una busta del supermercato e due giubbotti di salvataggio. Era ancora giovane, non arrivava ai quaranta, e mentre scendeva dalla collinetta aveva un aspetto così imponente che gli stivali sembravano quelli delle sette leghe. Frédéric gettò d'istinto un'occhiata alla barca. Con tutta la buona volontà, non riusciva a immaginare come potessero entrarci lui, Jamel e quel gigantesco marinaio con le gambe chilometriche. Doveva essercene una più grande ormeggiata da qualche parte.

"Suppongo che lei sia l'avvocato Solis. Bertrand Ahmed. Può chiamarmi Capitano," si presentò l'uomo allungando la grossa mano a Frédéric e lasciando intravedere i denti bianchissimi. Poi si girò verso Jamel, che sovrastava di trenta centimetri buoni. "Con chi ho l'onore?"

"Mi chiami pure Jamel. Dica un po', quegli stivali camminano da soli? Mi farebbero comodo."

"Le nostre gambe sono fatte per viaggiare, la lunghezza dei passi non conta," replicò Bertrand solenne. Tolse il telo cerato scoprendo una lunga barca colorata. Quando Jamel gli si avvicinò zoppicando per prendere uno dei giubbotti, Bertrand lo squadrò. "L'acqua è proprio l'elemento che fa per lei, amico mio. È questo il segreto dei viaggi per mare. Finché è in acqua non ha bisogno di camminare."

Fece cenno a Frédéric di indossare il giubbotto e lui eseguì, titubante. Quella specie di panciotto di plastica, giallo e appiccicoso, non si intonava con il suo cappotto di cachemire beige.

Jamel e Frédéric presero posto nella barca, che beccheggiò pericolosamente quando salì anche il Capitano. L'uomo impugnò i remi e con pochi colpi vigorosi furono in mezzo alla Senna. Aveva ricominciato a nevicare, e il vento faceva mulinare i leggeri fiocchi bianchi.

"Bella giornata per uscire in barca. Ti rimette al mondo, non è vero?" disse il Capitano, e inspirò la gelida aria invernale. I due passeggeri non risposero. Jamel era impegnato a fare un fiocco sotto il mento con i due lacci del cappuccio, e Frédéric... Frédéric aveva davanti un dipinto di Monet.

Sì, sapeva perché era lì. Monet aveva portato il suo cavalletto alla Gare Saint-Lazare e ad Argenteuil, dove era stato anche lui senza però avvertire la presenza dell'artista. Adesso invece, sulla Senna gelata, immerso in quel magnifico paesaggio invernale dominato da una luminosità trasparente e tonalità smorzate, riconobbe i *Banchi di ghiaccio a Vétheuil*. Nonostante tutto il tempo trascorso da allora, non era cambiato quasi niente: la riva di Lavacourt, il profilo della chiesa, il cielo bianco e sconfinato, la luce dei colori dell'arcobaleno, l'Île de Bouche e l'Île de Moisson...

"...l'Île de Bouche, più in là l'Île de Moisson e laggiù la Haute-Île, dipinte da Monet..." Frédéric si accorse che il Capitano aveva iniziato la visita guidata. Lui conosceva già i dettagli. I diciassette dipinti della serie di Monet dedicata al ghiaccio erano citati in tutti i volumi sugli "effetti di neve" degli impressionisti, tuttavia ascoltò volentieri il racconto. Anche Jamel lo seguiva con attenzione.

L'inverno del 1879 era stato eccezionalmente rigido. La vita a Parigi era paralizzata, i trasporti erano bloccati e la Senna gelata. Il 5 gennaio 1880 erano visibili banchi di ghiaccio, e Monet, che all'epoca viveva a Vétheuil, era rimasto affascinato dall'insolito evento. Da grande amante della natura e della pittura *en plein air* lavorava su un atelier galleggiante che usò anche in quell'occasione, malgrado le temperature proibitive.

Il Capitano spiegò che Monet dipingeva con qualsiasi tempo, perfino quando la Senna era gelata. Ogni tanto gli portavano una bottiglia di acqua calda, non per i piedi, ma per le dita intirizzite che non riuscivano a stringere il pennello.

Quando il Capitano smise di parlare, ognuno dei tre uomini si abbandonò alle proprie riflessioni. Regnava un'atmosfera di pace, il silenzio era rotto solo dallo sciabordare dell'acqua mischiato ai richiami di qualche uccello e al cigolio della barca. La neve, che cadeva a fiocchi sempre più grossi, sembrava assorbire ogni altro suono. Frédéric si sentiva rilassato, cosa che poteva definirsi un piccolo miracolo. Gli pizzicavano le mani per il freddo e moriva dalla voglia di fare una domanda, ma non voleva turbare quella calma che placava la sua inquietudine come una brezza leggera. Il senso di benessere che sembrava avvolgere la barca lo riempiva di gioia, però non si azzardava a lasciarsi andare fino in fondo per paura che si volatilizzasse all'istante.

All'improvviso Jamel ruppe l'incantesimo soffiandosi rumorosamente il naso. A quel punto Frédéric poté rivolgere al Capitano la domanda che aveva sulla punta della lingua.

"Conosce Fabrice Nile?"

"Chi?" domandò a sua volta il Capitano.

"Fabrice Nile."

"È un uomo di mare?"

"No."

"Non mi sorprende. Di solito chi ha il nome di un fiume non è portato per l'acqua."

Chiuse il discorso afferrando i remi e virò. Frédéric si accontentò della risposta. I tre uomini tacquero mentre la barca avanzava sulla Senna e superava l'approdo. Frédéric si chiese dove stessero andando. Guardò l'orologio. Le 10.45. Mancavano ancora più di sei ore all'udienza, non aveva motivo di preoccuparsi. Allora perché era così irrequieto? Forse perché nevicava sempre più forte. Da Vétheuil a Parigi ci voleva un'ora, se tutto andava bene. La potente voce del Capitano risuonò sull'acqua gelata del fiume.

"Gli osservatori più sensibili avvertono nei dipinti di Monet di quel periodo una profonda malinconia. Alcuni critici sostengono che la ragione sia da ricercare proprio qui, a Vétheuil, e per l'esattezza nel luogo dove termina la nostra gita."

I tre uomini scesero a riva. Su indicazione del Capitano, Jamel e Frédéric lasciarono a bordo i giubbotti di salvataggio e lo seguirono lungo uno stretto viottolo invaso dalle erbacce che si snodava tra la sponda e le belle case dei ricchi. Poco dopo raggiunsero il cancello arrugginito di un cimitero.

Il Capitano si diresse verso una tomba circondata da una bassa inferriata e una siepe ben curata.

"Camille Doncieux...?" lesse Jamel.

Frédéric sapeva chi era. *Ricorda il grande amore che dentro di sé nascondeva l'inverno.* Questa frase era scritta sulla lapide di Camille Monet, nata Doncieux, la prima moglie del pittore, la compagna degli anni difficili. Il grande pubblico la conosceva grazie alla celebre tela *I papaveri*. Altri la vedevano coperta da un velo sul letto di morte, i lineamenti eterei, come l'uomo che l'amava aveva trovato la forza di ritrarla. Frédéric invece ricordava la Camille immortale del dipinto *Il mantello rosso di Madame Monet*. L'artista che la osservava dalla finestra era riuscito a coglierla nell'attimo in cui il giardino rischiarato dalla neve donava al suo viso un'espressione incantevole.

Fréderic e Jamel, immobili nella bufera di neve, fissarono assorti la tomba di Camille.

"È ora di andare. Dov'è il Capitano?" disse Frédéric.

I due uomini si guardarono intorno, ma era sparito. Peccato, avrebbero voluto ringraziarlo. Mentre tornavano verso il cancello, tra i fiocchi che cadevano Frédéric scorse la grossa sagoma accanto a un muretto di pietra. Si avvicinò, fermandosi a una certa distanza. Il Capitano pregava davanti a una piccola stele grigia con l'iscrizione *Simon Offenbach 1946-2001*. Qualcuno aveva cercato di cancellare le scritte che la imbrattavano. Dopo un po' l'uomo infilò la mano nella busta del supermercato e tirò fuori un geranio di plastica in un vaso di ceramica. I fiori erano rossi come il mantello di Camille in quella giornata d'inverno di tanti anni fa. Posò la pianta sulla tomba; pochi minuti dopo era coperta da uno strato bianco. Poi raccolse i frammenti di marmo di una lapide rotta sparsi per terra. Frédéric non riuscì a leggere l'incisione, ma i gesti amorevoli dell'uomo indicavano che lì riposava una persona cara.

Aveva deposto la maschera del pirata, dell'attore, del Capitano, ed era solo Bertrand Ahmed, il vero Bertrand Ahmed, che un tempo aveva un amico di nome Simon. O forse era il padre, magari il fratello. Frédéric si pentì della propria indiscrezione e indietreggiò di qualche passo.

"Un amico," disse il Capitano. "Un grande uomo, in confronto al quale mi sono sempre sentito molto piccolo." Parlava con Frédéric? Se era così, non lo guardava. Adesso nevicava talmente forte che anche la barba di Bertrand era imbiancata, creando un forte contrasto con la pelle scura e i profondi occhi neri puntati sul geranio rosso.

"Camille se l'è portata via il cancro, Simon è morto per colpa dell'intolleranza che è diventata normale. Per colpa dell'emarginazione che non si nota più, perché il mondo è talmente vecchio che ormai alla sua età non cambia. Per colpa delle calunnie che vengono accettate perché divertono gli amici al bar. E quelli che non le accettano stanno zitti per non dare nell'occhio."

Per un istante nel cimitero ci fu solo la neve che cadeva.

"Simon era bianco. Nel suo caso, era il colore del cuore a essere sbagliato, non quello della pelle. Monsieur Solis, Jamel..." Bertrand si congedò con il saluto del marinaio e se ne andò. Il cancello cigolò brevemente, poi tornò il silenzio.

La loro guida era sparita. Frédéric era di nuovo solo con i giorni che doveva ancora aspettare prima della visita al giardino di Monet a Giverny. Il viaggio a Vétheuil non lo aveva portato a nulla. Non gli restava altro da fare che tornarsene a casa, senza dipinti, senza verità, senza tragedie. Sì, anche una tragedia sarebbe stata meglio di niente, almeno avrebbe potuto sfogare la rabbia che gli montava dentro. Invece la sua rabbia era muta come quella mattina d'inverno. Si voltò verso Jamel che osservava la tomba di Simon Offenbach. In quel viaggio, Jamel era soltanto un accompagnatore. Frédéric aveva scartato l'ipotesi che sapesse qualcosa e la rabbia, forse perché non poteva parlarne con nessuno, gli rimase dentro, in un angolo, piena di impotenza e rancore.

"Posso offrirle un caffè?" propose a Jamel quando riuscì a dominarsi. "Sto congelando."

Jamel annuì. Quando Frédéric si girò sollevando il bavero del cappotto per ripararsi dalla neve, il compagno guardava ancora la tomba con il geranio rosso. Anche se Frédéric non voleva darlo a vedere, le parole di Bertrand lo avevano colpito profondamente, ma Jamel sembrava ancora più scosso. Che conoscesse Simon Offenbach? Frédéric scacciò quel pensiero assurdo. Jamel aveva un animo sensibile, tutto qui.

23.

Venti minuti dopo erano seduti a un tavolo nella piccola osteria del paese, "Le rendez-vous des sports". I tetti e le strade erano coperti da una coltre bianca spessa quasi quattro centimetri, e i fiocchi continuavano a cadere. Frédéric aveva chiamato varie compagnie, ma non c'era un taxi disponibile. Jamel aveva consigliato di pranzare in attesa che smettesse di nevicare e tornare a Parigi nel primo pomeriggio. Mancava ancora molto all'udienza. Ordinarono il menu del giorno a dodici euro. Frédéric chiese a Jamel se durante la gita gli fosse venuta qualche idea.

"Non so se può esserle utile, ma sulla barca il Capitano ha detto una cosa che mi ha incuriosito, cioè che Monet era affascinato dalla neve perché è effimera. Effimera. Questa parola mi ha fatto pensare a Fabrice. All'inizio non ricordavo tutta la frase, adesso però sono sicuro: Monet non era solo un pittore, era anche un poeta perché coglieva l'effimero per fermare l'attimo. Fabrice si è espresso meglio, ma era questo che lo entusiasmava, *fermare l'attimo*."

Frédéric si concentrò. Il dipinto che lo attendeva da qualche parte era un paesaggio invernale. Di questo era fermamente convinto.

"E quello che il Capitano ha detto dopo non le ricorda nulla?" domandò.

"Quando eravamo alla tomba di Camille?"

"No, all'altra."

Jamel chinò la testa e girò il cucchiaino nella tazza vuota.

"Sì, certo, anche se non ci ho pensato subito," disse.

"A proposito dell'intolleranza," aggiunse Frédéric.

Jamel continuò a fissare la tazza.

"Le panchine nel parco, la strada, la notte – si è abituato a tutto. È quello che si dice, no? Che ci si abitua a tutto. Solo all'intolleranza non ci si abitua mai."

Frédéric rifletté un istante, poi si alzò e andò al bancone dall'oste. "Mi scusi, per caso conosceva un certo Simon Offenbach? È morto una decina di anni fa ed è sepolto qui, nel cimitero del paese."

"Simon Offenbach... Simon Offenbach... Non è quella tomba piena di scritte?" domandò l'oste.

Uno dei clienti, un tizio secco e pallido con le mani coperte di graffi, smise di giocare a flipper e si intromise nel discorso. "Offenbach, sì che lo conosci, Christian. Ti dico solo questo: *Il vizietto*. Quel tipo sempre in ghingheri che veniva il fine settimana insieme a quell'altro frocio."

Ah, pensò Frédéric. Ora capiva cosa intendeva il Capitano quando aveva parlato di colore del cuore sbagliato.

"Due checche, insomma," continuò l'uomo rivolto a Frédéric e sghignazzò. E per chiarire meglio il concetto assunse una posa effeminata: piegò una gamba, sventolò la mano e arricciò le labbra.

"Ora esageri," commentò l'oste.

"Ascoltami bene, Christian," ribatté l'uomo, indignato. "In genere non approvo chi imbratta le tombe, sia ben chiaro. I morti vanno rispettati. Nello specifico, però, penso anche che sarebbe stato meglio per tutti se quei due froci fossero stati più riservati."

"Lo erano," lo contraddisse l'oste.

"Vivevano nella stessa casa. Una volta i Duteil sono stati

da loro e c'era solo una camera da letto, quindi non venirmi a raccontare storie. Come si chiamava l'altro culattone?"

"Adesso basta," intervenne Jamel, che era rimasto seduto al tavolo. I suoi occhi erano pieni di rabbia.

Il tizio secco gli lanciò uno sguardo truce.

"Qualche problema? Non mi sembri di queste parti..."

"Piantala, Patrick," lo avvisò l'oste.

"È vero," disse Frédéric. "Non siamo di queste parti, veniamo da Parigi. E adesso ce ne andiamo. Quanto le devo?"

"Trenta euro esatti con il caffè," rispose l'oste. "Dovete prendere il treno a Mantes-la-Jolie? Non so se con questo tempo passa, vi conviene informarvi."

In quel momento suonò la campanella sopra la porta e una donna si fermò sullo zerbino per scrollarsi la neve dal giaccone. Frédéric si accorse che si era alzato un forte vento, la neve cadeva di traverso.

"Salve, bella signora, arrivi dalla stazione?" domandò l'oste.

"Eh, magari. Avevo un appuntamento alle due con un fornitore a Parigi, ma non ci sono treni. Non si trova neanche un taxi e il raccordo è intasato. Che ti devo dire, ho mandato a casa la commessa e ho chiuso il negozio, tanto chi vuoi che compri biancheria con questo tempo? Forza, Christian, fammi una bella cioccolata calda con la panna."

Frédéric guardò l'orologio con la pubblicità del Pastis appeso alla parete dietro il bancone. Le 12.45. Gli restavano solo quattro ore per tornare a Parigi. E il tizio secco continuava a fulminare Jamel stringendo i pugni arrossati.

"Venga, andiamo," disse Frédéric al compagno. "Ci inventeremo qualcosa."

"Questi beduini di merda, che pensano di poter venire qui a dettare legge! Ma chi si credono di essere?" sibilò l'uomo quando gli passarono davanti.

Frédéric notò che Jamel esitò per una frazione di secondo, ma poi tirò dritto e si chiuse la porta alle spalle. Si fermarono sotto la tenda che sbatteva al vento e guardarono la piazza. La visibilità era ridotta a venti metri.

"Mi scuserebbe un attimo?"

Frédéric rientrò nell'osteria, lasciò la porta accostata e si diresse verso il tizio secco al bancone. Scrisse un nome e un numero di telefono sull'agenda, strappò il foglio e glielo consegnò.

"E questo cos'è?" chiese perplesso l'uomo.

"Il nome e il numero di telefono di un collega. Sa, io sono un avvocato, e lui è un mio cliente," rispose Frédéric indicando Jamel. "Credo che presto le servirà un avvocato. Dichiarazioni razziste in luogo pubblico, un anno di reclusione. Discriminazione sessuale, un anno di reclusione. Istigazione alla profanazione di una tomba, due anni di reclusione. Si fa presto a fare il conto. Invece se io le do, mettiamo, dell'idiota o dello stronzo, non rischio nulla. Eh già, vecchio mio, la legge è poco conosciuta. Mireau è un ottimo avvocato, vedrà. Neanche troppo caro, per 100.000 euro avrà un'ottima assistenza legale. Non mi ringrazi, non c'è di che. Arrivederci a tutti."

Frédéric salutò e uscì. La rabbia che aveva sentito montare al cimitero era svanita. L'altro era pallido come un morto. Frédéric e Jamel si allontanarono nella tormenta.

24.

Quando scese dalla macchina John Witherspoon scivolò sul marciapiede. L'autista cercò di sorreggerlo, ma era troppo pesante. Si ritrovò seduto nella neve sporca e bestemmiò a voce alta. A Parigi non si poteva parlare di tormenta, ma anche lì nevicava fin dalla mattina.

Di pessimo umore e con i pantaloni infangati, l'uomo d'affari marciò nell'ufficio del giudice. La giornata era iniziata male. Iko voleva accompagnarlo a ogni costo, e siccome lui aveva capito che voleva solo rivedere Solis, avevano litigato. Non gli era certo sfuggito l'atteggiamento dell'avvocato, quella volta a pranzo al Jardin de Bagatelle. Con quei suoi modi arroganti e l'aria di finta indifferenza era apparso ancora più attraente agli occhi di Iko. Witherspoon conosceva le donne e sapeva che adoravano il genere del playboy freddo e distaccato. Tra la sfuriata e il traffico impazzito, era arrivato con un quarto d'ora di ritardo. In sala d'aspetto non trovò nessuno, né la moglie né il suo avvocato. Non c'era nemmeno Solis. Dovevano aver cominciato senza di lui.

"Witherspoon," annunciò alla segretaria. "Ho un appuntamento per le cinque."

La donna lo guardò, si agitò a disagio sulla sedia e scartabellò un paio di fogli. "Non l'hanno informata? L'appuntamento è stato rimandato."

"E chi lo ha deciso?" domandò Witherspoon, e l'irritazione rese più marcato del solito il suo accento americano. Aveva le guance e il collo rossi.

"Monsieur Solis è bloccato fuori Parigi. Ha nevicato talmente tanto che tutti i mezzi di trasporto sono in tilt. Lo studio Dentressengle-Espiard & Smith ha avvisato sua moglie e il suo avvocato. Sono certa che hanno provato a contattare anche lei."

Witherspoon imprecò e prese il cellulare dalla tasca. In effetti c'era una chiamata persa, e un'ora prima aveva ricevuto un sms. Come mai non lo aveva sentito suonare? Nel frattempo era diventato paonazzo.

"*Right.* Quando possiamo parlare con il giudice? Domani?"

"Mi dispiace, Monsieur Witherspoon, ma tutte le parti interessate devono ricevere una comunicazione scritta con almeno due settimane di preavviso." La donna sfogliò l'agenda. "Con le vacanze di Natale, non posso fissarle un nuovo incontro prima di metà gennaio."

"*Well, we're going to see about that,*" si infervorò Witherspoon. Su tutte le furie, digitò il numero di Frédéric ma partì la segreteria.

Witherspoon batté il pugno sulla scrivania con tanta foga che la donna sussultò. "*Damn*, Solis!"

Mentre Witherspoon saliva con i suoi pantaloni inzaccherati sulla Mercedes, Dorothée, senza fiato, saliva le scale fino all'appartamento della sorella. Pétronille l'aveva chiamata il giorno prima, ma Dorothée ci aveva messo un po' a capire quello che le stava dicendo tra lacrime e singhiozzi: il suo capo l'aveva licenziata. Dopo un'ora Dorothée era riuscita a calmarla almeno in parte, ma quando si era offerta di andare da lei, Pétronille aveva detto di no. Negli ultimi due mesi aveva lavorato come un mulo e ora l'unica cosa che voleva era dormire. La sorella maggiore l'aveva lasciata riposare in pace tutta la mattina, ormai però erano le cinque del pomeriggio e

Pétronille non rispondeva al telefono. Abitavano a cinque fermate di distanza, ma visto che la metropolitana non funzionava, Dorothée si era dovuta fare tutta la strada a piedi. Indossava un abito corto che evidenziava il pancione rotondo, pesanti leggings di lana e Moon Boot. Aveva infilato in una grossa borsa di stoffa indiana un paio di graziose ballerine di vernice. Per non scivolare, aveva camminato con cautela, mettendo lentamente un piede davanti all'altro. Finalmente era arrivata. Sperò che la sorella fosse in casa, voleva consolarla, o almeno bere una cioccolata calda insieme a lei.

Suonò alla porta e neanche un attimo dopo udì dei passi. Buon segno. Quando Pétronille aprì, Dorothée scoppiò a ridere. La sorella era sporca di farina dalla testa a piedi, aveva un pezzetto di cioccolato appiccicato alla guancia e su una ciocca di capelli quello che sembrava albume montato a neve. Il grembiule allacciato sopra il pigiama di flanella a righe era macchiato di caramello. Dorothée allungò il collo e sbirciò oltre le sue spalle. La cucina era invasa di bignè.

Pétronille, con un dito in bocca, fissava Dorothée con l'espressione di un gattino smarrito. "Mi sono bruciata assaggiando il caramello."

Dorothée rise di nuovo e la strinse tra le braccia, poi la portò al lavello e le mise il dito sotto l'acqua fredda. "Fa' vedere," disse.

Si improvvisò infermiera, e Pétronille non batté ciglio. Poi Dorothée ordinò alla sorella di mettersi un bel vestito e gli stivali con il pelo, portarsi dietro un paio di scarpe con il tacco e andare con lei.

Le due donne attraversarono la città, si cambiarono le scarpe in un portone e infine entrarono in uno dei cocktail bar più in voga del momento.

Scelsero un bel tavolo e Dorothée ordinò due cocktail, analcolico per lei e alcolico per Pétronille.

"E ora raccontami tutto dall'inizio," disse, guardando negli occhi la sorella.

25.

Frédéric e Jamel le provarono tutte. In cambio di un passaggio, arrivarono perfino a offrire dei soldi a un camionista che procedeva a passo d'uomo in direzione di Parigi. Ad appena cinque chilometri da Vétheuil, il camion sbandò e finì in un fosso. Per fortuna nessuno si fece male, ma Frédéric e Jamel si presero un bello spavento e dovettero aspettare due ore sul ciglio della strada, sprofondati nella neve fino alle ginocchia e battendo i denti dal freddo. Frédéric telefonò allo studio. Dopo un'eternità, finalmente il carro attrezzi li lasciò all'uscita di Saint-Martin-la-Garenne, da una famiglia che affittò loro una stanza.

Alle sei erano seduti in soggiorno, una tazza di caffè fumante in mano, a scaldarsi davanti al camino acceso. Indossavano vestiti asciutti, prestati dal padrone di casa. Per Frédéric i pantaloni erano troppo corti e per Jamel troppo lunghi. A un certo punto, in piedi nella neve, avevano deciso di darsi del tu. Mentre aspettavano il carro attrezzi non avevano smesso un attimo di parlare, sfruttando l'occasione per conoscersi meglio senza però toccare argomenti troppo personali. Ora ridevano come due vecchi amici, e Jamel commentò che non c'era nulla di meglio di una tormenta di neve per rompere il ghiaccio.

Anche se di regola i pasti non erano compresi, la padrona

di casa cucinò per loro una minestra e riscaldò una pizza surgelata. I due uomini morivano di fame. Frédéric accolse con piacere la bottiglia di Bordeaux. "Per me no, grazie," rifiutò Jamel, sorprendendo tutti.

"Ho anche del vino bianco, se preferisce," disse la donna.

"La ringrazio, ma non bevo alcol. Oggi però farò una follia, per festeggiare. Prendo un bicchiere di acqua minerale *con una fetta di limone*, se c'è."

"Non ti dispiace se io..." disse Frédéric allungando il bicchiere verso la donna.

"Assolutamente no."

Frédéric buttò giù in silenzio un sorso di vino chiedendosi se Jamel non bevesse alcol per motivi religiosi.

"Non è come pensi," disse Jamel dopo che la donna se ne fu andata. "Non ha niente a che vedere con la religione. Ho bevuto talmente tanto da ragazzo che mi basta per il resto della vita. I miei genitori sono morti quando avevo sedici anni, il loro elicottero è precipitato. Sul momento mi sembrò una buona idea sniffare e ubriacarmi di vodka anziché piangere e disperarmi. In certe situazioni ognuno reagisce a modo suo, dirai tu."

Frédéric ascoltava immobile, sentiva che Jamel voleva confidarsi.

"Sai, a volte si dice che qualcuno è caduto talmente in basso, che più in basso di così non si può. Ecco, credo che sia stato il mio caso. Ma non avevo la sensazione di toccare il fondo. Me ne stavo seduto tranquillo nel mio angolo, mentre il resto si allontanava. La vita, la felicità, il futuro – tutto accadeva senza di me. Certe cose non si recuperano. E un giorno qualcuno mi tese una mano. Me la sono cavata con una gamba fracassata e un mucchio di aneddoti da raccontare ai giovani che si fanno le canne."

Frédéric bevve un altro sorso di vino. Guardava dalla finestra il nevischio che continuava a cadere nell'oscurità. Il davanzale era coperto da uno spesso manto bianco. Non si vedeva una macchina. Il fuoco scoppiettava nel camino.

"Mia madre è morta quando avevo ventun anni. E mio padre... be', questa è un'altra storia. Sono ancora troppo sobrio per parlarne."

"È strano," disse Jamel senza alzare gli occhi, e agitò il bicchiere con l'acqua minerale. "Tutti si aspettano che a uno come me sia capitato il peggio, una catastrofe dietro l'altra. E ti assicuro che quando racconto la mia vita nessuno resta deluso. Posso sempre dare il mio contributo sull'argomento 'persone provenienti da un contesto migratorio'. Gli immigrati devono per forza essere infelici, altrimenti sarebbero rimasti a casa loro, no? Invece è inconcepibile che gente di successo come te, un purosangue, un combattente ai vertici della piramide sociale, possa aver sofferto anche solo un giorno in vita sua."

Frédéric rise. Jamel stava tentando di estorcergli il suo segreto? Fissò il bicchiere quasi vuoto. La ragione gli consigliava di non parlare del proprio passato e lasciare gli altri nella convinzione che fosse un privilegiato. L'unica persona con cui si era aperto era stata Marcia. Non era pronto ad aggiungere un altro eletto alla lista, nemmeno Jamel, per quanto simpatico fosse.

Rise anche Jamel. "È questo il problema con le persone felici, non sono molto loquaci. Senti, ho visto che qui hanno dei giochi da tavolo. Ti va una partita a Monopoli?"

"Mio padre ha passato la vita in galera," disse Frédéric, e svuotò il bicchiere.

Jamel impallidì. Frédéric non si era aspettato quella reazione.

"Non fare quella faccia," scherzò. "Come vedi, non ho riportato danni."

"E cosa ha fatto per finire in galera?" domandò Jamel serio.

Frédéric rise di nuovo e si versò del vino. “Non lo so. Non ne ho idea. Ti sembra possibile?” Bevve. “Mia madre l’ha lasciato dall’oggi al domani, e una settimana dopo abbiamo traslocato. Avevo sette anni. Non ha mai più parlato di lui. No, non è del tutto vero. Mi ha detto che era meglio avere bei ricordi, invece di accanirsi a voler cambiare quello che non si può cambiare. I ricordi non deludono, ha detto dieci giorni prima di morire. Ma non so se si riferisse a se stessa o a mio padre.” Frédéric tacque per un istante. “Penso che il fuoco si sia spento. Se non sbaglio, dovrebbe esserci della legna nel sottoscala. Provo a riaccenderlo.”

Si alzò. Jamel rimase seduto e osservò la brace. Frédéric tornò con un pezzo di legno e lo gettò nel camino. Il fumo invase la stanza, bruciava gli occhi.

“Tuo padre non ha mai cercato di contattarti?” domandò Jamel. Frédéric, che gli dava le spalle, si irrigidì. Nessuno dei due parlò. Si sentiva solo il crepitio del fuoco.

“No,” rispose infine Frédéric senza voltarsi.

Però, mentre fissava le fiamme e il suo viso iniziava a scottare, ripensò a una splendida giornata di primavera di diciassette anni prima.

26.

Conversazioni oltreoceano, una distesa verde, il campus della Harvard University, un giovane Frédéric abbronzato e pieno di fiducia in se stesso. Per lo studente ventiduenne di origini modeste era un grande successo frequentare la prestigiosa università. Quel giorno si era seduto nel parco per leggere la posta e rispondere alle lettere. Da poco si era trasferito in un'altra stanza, e il suo vecchio compagno aveva riunito in una grossa busta marrone quello che era arrivato per lui. Frédéric, all'ombra di un salice, aprì la busta. Tutti i rumori del campus cessarono all'istante. Nella busta c'era una lettera di Ernest Villiers.

Frédéric non aveva mai più avuto notizie del padre. L'ultima volta che lo aveva visto era stato pochi giorni prima di quel triste Natale. Quale reato aveva commesso per passare la vita in prigione? Frédéric non lo sapeva ed era cresciuto nella convinzione che fosse meglio così. E ora quella lettera. Sul retro della busta, sotto il nome di suo padre, c'era un indirizzo di Parigi.

Frédéric fissava la lettera che teneva in mano. Se l'avesse aperta, in pochi minuti avrebbe saputo. Tutte le possibilità che aveva immaginato per notti e notti sarebbero crollate, sostituite da una realtà immutabile, impossibile da modificare. Migliaia delle domande più assurde su cui si era arrovellato avrebbero trovato risposta. E l'uomo gentile, premuroso e allegro, l'eroe dei suoi ricordi d'infanzia, sarebbe morto per diventare un padre vero che si trascinava dietro tutta la zavorra di una vita complicata riassunta in un paio di fogli.

Perché gli scriveva dopo tanti anni di silenzio? La madre di Frédéric era stata sepolta pochi mesi prima. Voleva l'eredità? Aveva bisogno di soldi? Frédéric si era convinto che quell'uomo fosse diverso dal padre che a Natale addobbava l'albero. Aveva ragione sua madre, quando diceva che i ricordi non deludono. Immaginava che lui gli avrebbe mandato quella lettera? In cuor suo, Frédéric non le aveva forse promesso di non permettere mai che il padre lo deludesse? Le persone che vivevano solo nei ricordi dovevano restare al loro posto, era meglio così. Il suo vero padre era morto quella mattina di Natale. Non doveva morire una seconda volta.

Per tutti questi motivi, Frédéric non aprì la lettera. Scrisse sulla busta RISPEDIRE AL MITTENTE e la portò all'ufficio postale dell'università. Aveva ventidue anni e si congratulò con se stesso per la propria decisione. Dopo aver imbucato la lettera iniziò a essere tormentato dagli incubi, e si chiese se avesse preso davvero la decisione giusta.

27.

“Non vuoi sapere nemmeno adesso?” azzardò Jamel.

Frédéric si sedette di nuovo in poltrona e fece un respiro profondo. Cercava le parole giuste.

“Diciamo così... preferisco che tutto resti com’è e non se ne parli più. Per oltre trent’anni è stato più facile immaginare il peggio che conoscere la verità. Più divento vecchio e più ho paura di scoprire che in fondo mio padre è una brava persona e quello che ha fatto non è poi così grave. L’hai detto anche tu, certe cose non si recuperano...”

Frédéric sospirò.

“Progettava calendari. La gente adorava i suoi ritratti di cuccioli che giocavano con i gomitoli di lana. A lui invece piacevano le riproduzioni dei dipinti dei grandi maestri. Sai, ho ereditato da lui la passione per l’arte...”

Frédéric si bloccò. Non aveva mai colto quel collegamento, per quanto evidente, e tanto meno ne aveva parlato. Era vero? Aveva ereditato la passione per l’arte da suo padre? Quando proseguì, gli sembrò che tutte le accuse rimaste tanto a lungo sepolte nel suo subconscio si fossero risvegliate all’improvviso.

“Ma a forza di rimuginare si rischia di diventare pazzi. Se veramente non ha fatto nulla di grave, perché non mi ha cercato subito? Deve essere qualcosa di terribile, quindi è meglio che non lo sappia. Ora basta, non voglio annoiarti con le mie chiacchiere. Su, facciamo una partita a Monopoli. Ma è giusto che tu sappia che vinco sempre."

Fu una bella serata. Giocarono. Parlarono di calcio, donne, film, sogni e ricordi. Nessuno dei due nominò Fabrice Nile. Frédéric non riusciva a credere di aver perso a Monopoli, non gli era mai successo, ma dimostrò di saper incassare una sconfitta. Un estraneo avrebbe potuto scambiare quei due uomini così diversi, con dei pantaloni ridicoli, per vecchi amici, o addirittura fratelli che si vedevano dopo molto tempo. Frédéric era tranquillo e rilassato come non gli capitava da anni. Andarono a letto quasi a mezzanotte. Al caldo sotto le coperte, ripensò alle parole di Jamel: "Quando conosci meglio una persona, ti accorgi che è diversa da quello che sembrava. Prendiamo te, per esempio. Tu somigli a Ken, sai, quello di Barbie. E invece...". Frédéric sorrise e pochi minuti dopo cadde in un sonno profondo. Per la prima volta dopo la sua conversazione con il notaio, dormì come un sasso.

Nello stesso momento John Witherspoon, in un elegante abito da sera, partecipava a un ricevimento in un lussuoso ristorante frequentato dal bel mondo parigino. Stava bevendo Dom Pérignon in compagnia del vecchio Dentressengle dello studio Dentressengle-Espiard & Smith e gli comunicò che Solis era un perfetto incapace. Disse che il giorno dopo si sarebbe sbarazzato di quel fallito e diede a Dentressengle la sua parola: *Solis non avrebbe mai più trovato lavoro a Parigi.* Poi aggiunse che, se lo studio Dentressengle-Espiard & Smith non avesse licenziato Frédéric, avrebbe affidato la gestione di tutti i suoi affari allo studio rivale. Mentre l'affermato avvocato faceva cenno al cameriere di portare un'altra coppa di champagne all'esimio Mister Witherspoon in smoking nero, il miliardario si massaggiava l'esimio posteriore, ancora dolorante per il capitombolo di quel pomeriggio. Intanto osservava senza dare nell'occhio la sua nuova compagna flirtare con un attraente broker, che con ogni probabilità non aveva lividi sul sedere.

28.

"Sì, esatto, bignè! Bignè! Il mondo ha bisogno di bignè, Dorothée, non di avvocati!"

E Pétronille buttò giù un altro sorso. Aveva già bevuto tre cocktail ed era piuttosto brilla. Mentre si sfogava, muoveva a destra e a sinistra il bicchiere da Martini. Dorothée sapeva che era il caso di andarsene. Avrebbe dovuto portare la sorella a casa sua e prepararle il divano letto in soggiorno per farle smaltire la sbornia. Ma le uscite di Pétronille erano così divertenti e il tempo così orribile che non si decideva e rimandava di continuo il momento di alzarsi.

C'è chi ha la sbronza allegra e chi ha la sbronza triste, Pétronille aveva la sbronza altruista. Fin da bambina voleva fare grandi cose. Sognava di essere Madre Teresa, di guadagnare tanti soldi e donarli ai poveri, di diventare architetto e costruire case per chi una casa non ce l'ha, di spronare la gente a fare il bene, di sensibilizzare il cuore dei ricchi alla sofferenza dei poveri. A tavola raccontava ai genitori, ai fratelli e alla sorella i suoi progetti per cambiare il mondo. Scriveva alla posta dei lettori di "Topolino" e piangeva guardando i documentari. Ma in venticinque anni tutto quello che era riuscita a fare era stato diventare mediocre in diritto di famiglia e un'esperta nel preparare eccellenti bignè.

"Ho venticinque anni e ho sprecato la mia vita," biascicò con il naso nel bicchiere.

"La tua vita è appena iniziata, tesoro," la consolò Dorothée. "Come puoi averla sprecata?"

"No, no, non capisci. Sono sempre stata avanti per i miei anni. Una specie di bambina prodigio, ma del fallimento. Nella mia biografia su Wikipedia scriveranno: 'Già in tenera età mandò a rotoli la sua vita'."

"Se la tua biografia sarà su Wikipedia, vorrà dire che qualcosa di buono l'avrai fatto."

"Come no, i bignè. Batterò il record della torta nuziale più grande del mondo. Una Tour Eiffel di bignè! C'è chi l'ha fatta con i fiammiferi o le mollette da bucato, perché io non posso farla con i bignè?" Sghignazzò. "La cattedrale di Chartres di bignè."

Rise anche Dorothée, e Pétronille si sentì incoraggiata a continuare.

"Il Petit Trianon e i giardini di Versailles di bignè."

Dorothée non voleva essere da meno e pensò in fretta a qualcosa. "Mont Saint-Michel di bignè."

"Napoleone a cavallo di bignè!" esclamò Pétronille ispirata.

Le due sorelle scoppiarono a ridere e non la smettevano più. Era di nuovo come quando erano bambine: all'improvviso qualcuno a tavola faceva una battuta e gli altri, grandi e piccoli, contribuivano dicendo la loro. In quei momenti si accorgevano che il padre, un uomo piuttosto rigido, in realtà aveva un'inesauribile *verve* comica. A volte faceva ridere così tanto la moglie che sembravano due giovani innamorati. Tutti dicevano sciocchezze in un'atmosfera allegra e spensierata. Jules con il suo umorismo asciutto; Ulysse, il pagliaccio della famiglia, che faceva smorfie e boccacce; Dorothée, che aveva le lacrime agli occhi dalle risate e non riusciva a parlare. Allora Pétronille, la più piccola, saliva in piedi sulla sedia, ballava e divertiva gli altri con i suoi scherzi. Poi li guardava raggiante, orgogliosa di aver fatto ridere gli adorati genitori e i fratelli più grandi.

Nel cocktail bar, Pétronille e Dorothée si abbandonarono ai bei ricordi dei tempi andati, quando la loro famiglia viveva ancora sotto lo stesso tetto. Gli altri clienti le guardavano infastiditi.

"*La Libertà che guida il popolo* di bignè."

Dorothée, che si teneva la pancia, pregò Pétronille di smetterla, altrimenti le sarebbero venute le doglie prima del tempo e avrebbe dovuto chiamare un'ambulanza.

"La *Zattera della Medusa* di bignè," disse Pétronille con un ultimo scoppio di risa, e crollò sul tavolo. "Non ce la faccio più..."

Dorothée riprese fiato. La magia era finita. Era meglio andare, prima che Pétronille cambiasse umore e diventasse malinconica.

"Vieni, andiamo a casa," sussurrò.

Pétronille, che osservava il suo bicchiere, alzò lentamente la testa verso la sorella. Sembrava che non la vedesse, che il suo sguardo la attraversasse.

"Ho appena avuto un'illuminazione," dichiarò, continuando a fissare il vuoto.

"Ok, adesso però tieniti strette la borsa e l'illuminazione mentre io vado a pagare. Ci vediamo all'uscita," disse Dorothée.

"No, no, sul serio. È vero che posso cambiare le cose con i miei bignè. Sai quanti ne ho preparati oggi?"

"Non ne ho idea. Due dozzine?"

"Ottantatré."

Dorothée spalancò la bocca per la sorpresa. "Ottantatré?"

"È stata una sorta di terapia. Ora però il problema è chi li mangerà."

“Tesoro, sai che vado matta per i tuoi bignè, ma devo stare attenta alla glicemia.”

“I pazienti dell’ospedale,” esclamò Pétronille.

“I pazienti dell’ospedale? Non dirmi che vuoi tornare un’altra volta a Pontoise.”

“Ho ottantatré bignè e non so a chi regalarli. Ce n’è per tutti i gusti: pistacchio, fragola, vaniglia, cioccolato e caffè. E in più quasi un chilo di croccante. Non sei stata tu a dire che tra poco è Natale e che ci sono persone tutte sole che sarebbero felici di ricevere dei bignè?”

“Sì, ma soltanto perché dovevi scrivere la relazione...”

“Appunto! E infatti mi sono sentita in colpa. Ora invece li regalerò senza secondi fini, non è magnifico?”

“Sei proprio sicura che il tuo sia un gesto disinteressato?” domandò Dorothée. “Non sarà che in qualche modo cerchi di far colpo su Frédéric?”

“No, giuro. Mano sul cuore. Adesso mi sento bene, anzi benissimo. È fantastico. Questa è la mia mappa del tesoro, capisci? Apro un negozietto che vende solo bignè, un posticino elegante, tipo Ladurée. E una certa percentuale di quello che guadagno va all’ospedale. Creiamo un’associazione e il fine settimana, magari ogni tanto anche il mercoledì, distribuiamo assaggi gratuiti ai pazienti. Un po’ come una mensa per i poveri, ma con i bignè per i malati, capisci? E poi...”

Finalmente Dorothée convinse la sorella ad alzarsi e mettersi il cappotto. Pétronille uscì dal locale continuando a parlare ininterrottamente dei suoi piani per conquistare il mondo con i bignè. Nemmeno la neve che ancora cadeva a grandi fiocchi riuscì a smorzare il suo entusiasmo alla prospettiva di aiutare il prossimo. Alla fine arrivarono a casa di Dorothée e si tolsero gli stivali. Dorothée prese delle coperte e baciò la sorella sulla fronte. Nel frattempo Pétronille si era zittita ed era crollata esausta sul divano senza nemmeno prepararsi il letto.

La mattina dopo Dorothée si svegliò alle nove e mezzo. Quando si alzò, suo marito Romain era già andato al lavoro. Non lo aveva nemmeno sentito uscire. Era uno dei vantaggi del congedo di maternità: nessuno trovava da ridire se una donna incinta dormiva fino a tardi. Tanto meno Romain. Amava follemente la moglie, e da quando aveva visto la linea azzurra sul test di gravidanza era diventato ancora più premuroso. Dorothée tese l'orecchio per captare eventuali rumori in soggiorno. No, nulla. Pétronille dormiva ancora. Dorothée pensò a come avrebbero potuto passare la giornata. Se la sorella si alzava entro le dieci e mezzo, potevano uscire e fare una bella colazione da qualche parte. No, non era una buona idea, Pétronille si sarebbe svegliata con i postumi della sbronza. Forse la cosa migliore era andare a comprare dei croissant. Dorothée si chiese se la sorella avesse ancora intenzione di cambiare il mondo con i bignè, ma la sera prima era talmente ubriaca che di sicuro non si sarebbe ricordata nulla. In ogni modo, si disse Dorothée infilandosi la vestaglia e andando verso il soggiorno, avevano passato una bella serata.

Quando entrò nella stanza, per poco non le venne un colpo. Pétronille era sparita. Sul divano, accanto alle coperte ripiegate, c'era un biglietto:

Vado a salvare il mondo con i miei bignè!
Baci, sorellina

29.

Frédéric mise giù il telefono e si guardò intorno nel grande appartamento. Stava calando la sera. Aveva parlato a lungo e non si era accorto del tempo che passava. Nella luce rosata del tardo pomeriggio osservò il Sisley che presto, a meno di un miracolo, non sarebbe stato più suo. Si prese la testa tra le mani e rifletté. La paura ebbe il sopravvento. Lo studio Dentressengle-Espiard & Smith lo aveva licenziato.

Il vento era cambiato. Fino a quel momento, nonostante i grossi debiti, in definitiva era andato tutto liscio. Certo, aveva sempre vissuto al di sopra dei propri mezzi, ma aveva avuto fortuna e aveva guadagnato bene. Adesso era finita, e per giunta la sua reputazione era rovinata. Frédéric sospettava che dietro quella svolta imprevista si nascondesse la gelosia patologica di Witherspoon. Se non ricordava male, la sua nuova compagna gli aveva fatto gli occhi dolci al ristorante al Jardin de Bagatelle. Ma il motivo non aveva molta importanza. Gli eleganti biglietti da visita goffrati dello studio Dentressengle-Espiard & Smith ormai non gli servivano più. I facoltosi clienti che aveva rappresentato negli ultimi sette anni arrivavano tutti dal mondo della finanza di Witherspoon o da quello dello show business di Dany. E adesso gli era precluso l'ingresso in entrambi. Com'era possibile che solo fino a poche settimane prima tutti si contendessero i suoi favori e a un tratto venisse trattato come il figlio di un umile venditore di calendari e sbattuto fuori senza tante cerimonie?

Frédéric Solis fu costretto a guardare in faccia la realtà. Il suo ultimo onorario bastava a malapena a pagare i debiti più urgenti. Ma anche così, entro Natale doveva rimediare ancora 30.000 euro per salvare il suo Sisley dalle grinfie dell'ufficiale giudiziario. E dopo, di cosa sarebbe vissuto? Il cauto ottimismo del giorno precedente era stato spazzato via da un terrore al limite del panico. Gli pulsavano le tempie mentre scenari apocalittici gli scorrevano davanti agli occhi. Lui era Frédéric Solis, avvocato di grido e collezionista d'arte. Se gli toglievano questo, cosa gli restava? Chi era?

Ripensò alle parole di Jamel: "Non si tocca il fondo. Rimani dove sei, ma la vita scivola via. Tutto il resto si allontana". E Frédéric capì un'altra cosa: la sua buona stella lo aveva abbandonato il giorno che Fabrice Nile era entrato nella sua vita.

Cosa voleva da lui, quell'uomo che lo perseguitava anche da morto? Frédéric non credeva ai fantasmi, però... Tutte le disgrazie che gli stavano capitando facevano parte di un piano? Quella terribile bufera di neve che aveva messo in ginocchio l'intera regione intorno a Parigi era stata causata dallo spirito di un clochard disilluso e malinconico? Era un angelo del male? O addirittura il diavolo in persona?

30.

Pétronille si presentò in ospedale con ottanta bignè in quattro grossi contenitori di plastica. Aveva la nausea, il mal di testa e la lingua impastata, i classici postumi di una sbornia con i fiocchi. Ma non era per quello che restava immobile nell'atrio, quasi avesse messo radici, quanto piuttosto perché nel frattempo era giunta alla conclusione che, quando quella mattina aveva preso il treno per Pontoise, doveva essere stata ancora completamente ubriaca. Ora era sobria, perfettamente sobria, e la sbronza della sera prima era l'unica spiegazione per quell'idea assurda.

Pétronille si sedette su una sedia e si frugò in tasca in cerca del paracetamolo. Dopo aver ingoiato una compressa, le venne in mente che forse doveva cercare di combattere la nausea mangiando qualcosa. Si ricordò della mensa al terzo piano e ripensò al suo progetto. Era ridicolo. L'avrebbero presa per pazza e cacciata via. Pensò anche al padre di Frédéric – santo cielo, quel pover'uomo era davvero il padre del suo ex capo! Di certo aveva chiesto al personale dell'ospedale di aumentare le misure di sicurezza, visto che un'estranea si era introdotta in camera sua e aveva cercato di avvelenarlo con dei bignè al pistacchio. La cosa più sensata era tornarsene a casa e infilarsi a letto. Poi, dopo essersi rimessa, avrebbe cercato un nuovo lavoro e dimenticato quella storia assurda. Invece aprì un contenitore e mangiò un bignè con la crema al caffè. Sì, le faceva proprio bene mangiare qualcosa. Stava già meglio. Il bignè era divino – come sempre. Ma a che cosa le serviva saper fare eccellenti bignè? Pétronille ne prese un altro e decise che, finito quello, sarebbe andata alla stazione. Gli aveva appena dato un morso che una voce maschile la fece sussultare.

"Bignè? Milady, mi dica che ne lascerà qualcuno per la mia ciurma!"

Pétronille alzò lentamente lo sguardo. Per prima cosa vide degli stivali di pelle, poi un cinturone in cui era infilata una vecchia pistola, un panciotto rosso con i bottoni d'oro, e infine una grossa faccia nera, con la barba nera, i capelli neri e un cappello da pirata. Pétronille pensò che il residuo di alcol ancora in circolo le stesse giocando un brutto scherzo.

Subito dopo sentì delle risatine soffocate. Dietro l'uomo si nascondeva un gruppo di bambini, con piccoli cappelli da pirata e il fodero della spada allacciato sopra il pigiama. Pétronille si tranquillizzò. Doveva essere il workshop per i bambini malati.

"Prego, servitevi," disse a bocca piena.

"Ci sono solo al caffè?" domandò un bambino.

"Non ci sono quelli alla fragola?" volle sapere un altro.

"Alla fragola, al pistacchio, alla vaniglia e... al cioccolato," rispose Pétronille.

Quando aprì gli altri tre contenitori, i bambini sgranarono gli occhi, eccitati.

"Se li mangia tutti lei, Madame?" chiese uno.

"No, i bignè sono per degli amici," disse Pétronille, sorridendo. "Ma anche per voi."

"Ricordate la legge dei bucanieri, miei giovani mozzi?"

"Spartire il bottino!" esclamarono i bambini in coro.

Il pirata adulto diede la mano a Pétronille. "Bertrand Ahmed, sono il Capitano. Posso prendere un po' di queste prelibatezze da portare a bordo per i miei marinai? Sono disposto a pagare qualunque prezzo."

Pétronille gli consegnò un contenitore con venti bignè alla fragola. "Con gli omaggi della casa."

Il Capitano sorrise, ringraziò con un inchino e se ne andò seguito dalla ciurma. Una bambina, a cui era scivolato il cappello a tre punte sulla fronte, si voltò e la salutò con la mano.

Pétronille restò con i suoi sessanta bignè. Il Capitano l'aveva incantata. Se un uomo grande e grosso poteva travestirsi da pirata per divertire i bambini ricoverati in ospedale, lei poteva benissimo distribuire bignè. Tre minuti dopo bussò alla camera di Ernest Villiers.

"Avanti!"

Con il cuore che batteva forte, Pétronille aprì la porta. Riconobbe l'uomo che aveva visto tre giorni prima. Era sveglio e sorrideva. Ora notò una vaga somiglianza tra lui e Frédéric.

"Ah, è lei la giovane donna dei bignè," disse l'uomo parlando a fatica, ma continuando a sorridere sereno, quasi rassicurante. Era a letto, immobile, solo gli occhi brillavano.

"Pétronille," disse lei porgendogli la mano.

"Ernest," si presentò l'uomo allungando la sua, ossuta e con la pelle sottile come carta velina ma ancora capace di una stretta sorprendentemente vigorosa.

"Sapevo che una persona che prepara bignè così buoni doveva essere anche bella. Infatti non mi sbagliavo."

"Oggi le ho portato dei bignè al caffè, alla vaniglia e al cioccolato," disse Pétronille arrossendo.

"Come le è venuto in mente di viziare un vecchio babbeo come me? Non sono sicuro di meritarlo."

"Forse non lo merita o forse sì. Ogni imputato è innocente fino a prova contraria, le concedo il beneficio del dubbio."

Ernest sorrise. Quella risposta gli era piaciuta. L'imbarazzo di Pétronille svanì, e i due chiacchierarono con naturalezza. Lei raccontò che voleva diventare pasticciera e che un giorno le sarebbe piaciuto aprire un negozio tutto suo. Che preparava sempre troppi bignè, che viveva sola e la sua famiglia ormai aveva la nausea solo a vederli, perciò le era venuta la brillante idea di allargare la potenziale clientela includendo vittime indifese. Pétronille si accorse che l'uomo apprezzava la sua compagnia e ne fu felice. Ernest parlò del tempo, delle giornate in ospedale e soprattutto del cibo immangiabile. Le raccontò dei traffici illeciti di biscotti e salame che i pazienti si scambiavano di nascosto. Presto anche quei bignè sarebbero finiti sul mercato nero dell'ospedale, e tutti si sarebbero azzuffati per aggiudicarseli. Era Gilles che controllava il traffico di dolci, Pétronille doveva mettersi in contatto con lui.

"Gilles non si lascia mettere i piedi in testa. È uno di quelli che non tornano a casa per il fine settimana. Come me. Un altro paziente ci chiama 'i rifiutati'. Ma non si lasci ingannare dalle apparenze, siamo un gruppo affiatato e ci facciamo coraggio a vicenda quando... insomma, ha capito. E d'ora in poi i suoi bignè ci aiuteranno a vincere la malinconia."

"La sua famiglia..." esordì Pétronille.

"È questa la mia famiglia," la interruppe Ernest. "Pétronille... noi non ci conosciamo, e la ringrazio della fiducia che mi dà. Lei è una persona molto generosa. Vede... nella mia vita ho dovuto prendere decisioni terribili. Terribili."

Decisioni terribili. Quelle parole riecheggiarono nella testa di Pétronille. Ernest sembrava chiuso nel suo mondo al di fuori dell'ospedale, intrappolato in vicende passate a cui non poteva più rimediare e che lo rendevano infinitamente triste. Pétronille trattenne il respiro e si preparò all'ascolto, convinta che Ernest le avrebbe aperto il proprio cuore.

"Tornerà a trovarmi, Pétronille?" domandò invece con un sorriso gentile. Le stava chiedendo con estrema eleganza di lasciarlo solo.

“Tornerò, Ernest. Quali sono i suoi bignè preferiti?”

“Sono sicuro che i suoi sono tutti buonissimi.”

“Ok,” sorrise Pétronille. “Questi sono alla vaniglia. Li assaggi e immagini di essere lontano, su un’isola esotica. La prossima volta gliene porto altri.”

“Non si senta obbligata, mia giovane amica. Mi ha già viziato abbastanza anche così...”

“Oh, Ernest, sono solo dei bignè. Tornerò.”

Strinse la mano ossuta dell’uomo tra le sue, calde, e uscì.

Pétronille era talmente scombussolata dalla visita che non si accorse di Maurice seduto a un tavolo della mensa che la salutava. Entrò nell’ascensore e scese al pianoterra.

31.

Maurice beveva un caffè in compagnia di Gilles, un paziente di sessant'anni più giovane. Gilles aveva un tatuaggio sul braccio. La parola TRUTH in caratteri gotici. E indossava un berretto di lana su cui era cucito un teschio.

"Non capisco come fai a portare il berretto di lana con questo caldo," disse Maurice. "Hanno anche alzato il riscaldamento. Roba da non credere."

"Hmm," borbottò Gilles. "Chi era quella donna che hai salutato?"

"Non lo so di preciso. È venuta qualche giorno fa, voleva informazioni su Fabrice. Un'amica di famiglia, credo."

"Fabrice?" domandò Gilles sospettoso, e appoggiò la sua Coca-Cola sul tavolo. "E tu cosa le hai detto?"

"Cosa dovevo dirle?" ribatté Maurice. "Le ho raccontato un paio di cose, del corso che teniamo due volte a settimana, nient'altro. Aveva fretta."

"E ora che ci faceva qui?" chiese Gilles fissando Maurice.

"Penso sia venuta a trovare Ernest."

Il vecchio e il ragazzo si guardarono. Poco alla volta Maurice capì. "Sì, hai ragione, è strano."

"Dovremmo dirlo al capo," concluse Gilles, e si alzò. Aiutò Maurice a infilarsi le pantofole e gli passò le stampelle. Poi si allontanarono lentamente lungo il corridoio del terzo piano tenendosi a braccetto.

32.

Pétronille camminava in rue de la Verrerie, nel Marais. Aveva fatto acquisti al Bazar de l'Hôtel de Ville, i grandi magazzini. Mentre la folla di clienti si avventava sui regali di Natale, lei aveva speso una piccola fortuna al reparto casalinghi. Una vocina interiore le consigliava di risparmiare finché non avesse trovato un nuovo lavoro, ma Pétronille l'aveva messa a tacere dicendole che quel mese sarebbe stata pagata anche se Frédéric l'aveva licenziata. Ignorando gli ammonimenti della vocina, Pétronille aveva comprato anche dei confettini di glassa rosa per decorare i bignè, e ora stava passeggiando davanti ai fiorai, i negozi di dolciumi e le boutique vintage del quartiere gay di Parigi, uno dei suoi preferiti. Suonò il cellulare. Era Dorothée.

"Ciao, sorellina!"

"Sei in giro? Allora compra 'Libération' e dai un'occhiata alla penultima pagina."

"Perché? Cosa c'è?"

"È una sorpresa. Compra il giornale e chiamami."

Pétronille andò all'edicola e prese una copia di "Libération". Mentre il giornalaio le dava il resto, cercò l'articolo, si lasciò sfuggire un'esclamazione e si portò la mano alla bocca, scioccata. Il giornalaio le chiese se era tutto a posto, Pétronille ringraziò e corse nel caffè più vicino. Quando si fu seduta a un tavolo, arrivò il cameriere, un tizio con muscolose braccia tatuate e una vocina sottile. Pétronille ordinò un latte macchiato e un croissant, poi lesse l'articolo dalla prima all'ultima sillaba. La foto che occupava metà pagina ritraeva la bellissima Marcia Gärtener mezza nuda. Incinta.

"Credi che sia lui il padre?" domandò Dorothée.

"Direi di sì. I tempi tornano."

"E sei sicura che non stiano più insieme?"

"L'hai visto anche tu l'appartamento," sbottò Pétronille. "Ha perfino fatto buttare giù una parete per ammirare i suoi dipinti alla distanza giusta. Ora ha una camera in meno. Non ci si prepara così all'arrivo di un figlio."

"Hai ragione. Probabilmente non ne sa nulla."

"Non sa che il padre è in ospedale e non sa che la sua ex è incinta. Mi sembra che siano un po' troppe le cose che non sa. Ma ora che la notizia è di dominio pubblico in tutto il territorio francese, dipartimenti d'oltremare compresi, suppongo che anche lui ne sia al corrente. Affari suoi..."

Chiacchierarono un po', mentre Pétronille sfogliava distrattamente il giornale. Dorothée parlò dei problemi delle madri single. Pétronille, che la ascoltava con un orecchio solo, strappò una striscia su cui era scritto in maiuscolo SOLIDARIETÀ. L'avrebbe incollata sulla sua mappa del tesoro, ormai quasi finita. Infine salutò la sorella, bevve il latte macchiato e mise i soldi sul tavolo. Stava lasciando il giornale sulla sedia per il cliente successivo, quando un pensiero improvviso la fulminò: se Frédéric era il padre del bambino, allora Ernest sarebbe diventato nonno.

33.

Certo che lo sapeva. Lo sapeva dall'ultima sera passata con lei. Quella sera, dopo essersi detti quello che c'era da dire, avevano fatto l'amore ancora una volta. Erano stati insieme per cinque anni, Marcia però desiderava l'unica cosa che Frédéric non era pronto a darle: un figlio. Avrebbe fatto di tutto per lei: l'avrebbe coperta di gioielli, le avrebbe comprato dipinti dei grandi maestri, avrebbe attaccato lucchetti con le loro iniziali sui ponti di Parigi, le avrebbe regalato la luna. Ma non poteva infrangere la promessa fatta al bambino di sette anni ancora rannicchiato in un angolo dentro di lui. Frédéric aveva promesso a quel bambino che non sarebbe mai diventato padre. E Marcia, che aveva già ogni cosa che si potesse desiderare – successo, ricchezza, bellezza, cene raffinate da Castel –, voleva un figlio, e lo voleva con tutta se stessa.

Da quella sera non si erano più rivisti. Ma lui lo sapeva. Lo avrebbe saputo anche senza i pettegolezzi, le allusioni degli amici, le foto sui giornali. Frédéric non aveva ceduto, e Marcia aveva fatto altrettanto. Tutto qua. In fondo entrambi erano rimasti fedeli ai loro obiettivi. Lei aveva il figlio che desiderava tanto e lui la libertà. Adesso, guardando quella foto, Frédéric non era più così sicuro di aver fatto la scelta migliore. Marcia era bellissima, come sempre. Ma ora c'era anche una parte di lui in quella bellezza. C'era una parte di lui nel ventre della donna che amava.

Frédéric cercò di controllarsi e passò in rassegna tutto quello che stava accadendo nella sua vita negli ultimi tempi: le difficoltà finanziarie, il Sisley che presto non sarebbe più stato suo a meno di un miracolo, lo spettro di Fabrice Nile. Se non altro era l'unico a soffrire di quella situazione. Vista così, aveva preso la decisione giusta.

Era sul treno per Giverny. La mattina dopo alle otto e mezzo avrebbe dovuto visitare il giardino. Dato che Giverny era a un'ora di distanza da Parigi, aveva prenotato una stanza in un piccolo albergo vicino alla casa di Monet. Jamel aveva promesso di aspettarlo all'entrata.

Il treno sarebbe giunto a destinazione in pochi minuti. Frédéric accarezzò la pancia di Marcia, si alzò e lasciò il giornale su un sedile lontano dal suo.

34.

Anche altre mani accarezzarono la pancia di Marcia Gärtener. Poi delle forbici ritagliarono la foto in bianco e nero che cadde su un album aperto. Su una pagina era incollato il certificato di nascita di Frédéric. Su un'altra un biglietto per la festa del papà con il disegno di una tigre decorato con le lenticchie, alcune delle quali con il tempo si erano staccate, e una frase in una minuscola grafia infantile: "Tanti auguri, papà". La foto di un bambino senza gli incisivi; l'articolo ingiallito di un quotidiano locale dal titolo *Studente di Rouen vince una borsa di studio per Harvard* e un giovane Frédéric che mostra all'obiettivo l'attestato di iscrizione alla rinomata università americana; una serie di articoli sull'avvocato Frédéric Solis, foto di "Voici" con Marcia e un trafiletto recente sull'acquisto di un dipinto di Alfred Sisley.

E alla fine, in fondo all'album, il foglio del mese di dicembre di un calendario del 1979.

Ernest chiuse l'album. La camera era immersa nel silenzio, il giorno stava finendo. Ernest sorrideva. Perché i rimorsi non avevano più importanza? Per la punta di felicità di fronte a un articolo di giornale, per i bignè alla vaniglia che sapevano di speranza? Sorrideva, ed era questo che contava. Poi due piccole lacrime, forse le ultime, gli rigarono le guance incavate, scivolarono sulle mani e si persero tra le lenzuola.

35.

Jamel, davanti a un bel palazzo di fronte al Parc Monceau, nel Diciassettesimo arrondissement, controllò che l'indirizzo corrispondesse a quello appuntato il giorno prima su una pagina di "Libération". Inspirò a fondo e suonò al videocitofono.

Sapeva che Marcia Gärtener, nel suo appartamento, poteva vederlo sul monitor. Per l'occasione si era vestito diversamente dal solito: indossava un caban di Ralph Lauren, una sciarpa di alpaca beige e un paio di jeans nuovi. Un attimo dopo sentì una voce femminile con un leggero accento tedesco.

"Buongiorno, Madame, sono un amico di Frédéric e..."

"Frédéric non abita qui."

"Sì, lo so, abita sul quai d'Anjou. Devo parlare con lei."

"Di cosa? Io e Frédéric ci siamo lasciati."

"Si tratta della sua famiglia."

"Lui non ha famiglia," ribatté Marcia.

"Mi ascolti, capisco perfettamente che non voglia far entrare un estraneo in casa. Per questo le chiedo di bere un caffè insieme da qualche parte, oppure fare una passeggiata nel parco. Come preferisce. Non le ruberò più di dieci minuti. La prego! È molto importante."

Seguì un istante di silenzio. Jamel strinse il giornale così forte che le sue nocche sbiancarono.

"Ok, scendo," disse infine Marcia.

Sul marciapiede ghiacciato, Jamel spostava il peso da una gamba all'altra. Era nervoso. Quella notizia lo aveva colto di sorpresa, ma dopotutto era straordinaria. Adesso doveva giocarsela bene.

Pochi minuti dopo comparve Marcia. Jamel la fissò: non aveva un filo di trucco ed era incantevole. Il pancione era così grande che il bambino doveva stare bello comodo, pensò. Si strinsero la mano, e Marcia propose di fare due passi nel parco.

"Quando nascerà?" domandò Jamel.

"Il 6 gennaio."

"Ah. Il giorno dell'Epifania."

Camminarono in silenzio, all'improvviso Jamel non sapeva più da che parte iniziare. Poi si accorse che tutti li guardavano incuriositi. Sorrise. Dovevano essere belli, tra gli alberi coperti di ghiaccio, le aiuole spruzzate d'argento che scintillavano al sole invernale e le risate di bambini imbacuccati che risuonavano allegre. Lui con i vestiti buoni e lei con la grazia di una madonna bionda. Cosa pensavano, vedendo quella coppia che aspettava un figlio? Fate largo, gente, arriva la felicità. E Jamel, che nella vita sognava proprio quello, una donna con cui passeggiare mano nella mano nel parco in una magnifica giornata d'inverno, giunse alla conclusione che Frédéric era un perfetto idiota.

Finalmente trovò il coraggio di parlare. Marcia lo ascoltò con attenzione, gli occhi fissi sulle orme nella neve sporca. Respirava l'aria fredda, ogni tanto faceva qualche domanda e sorrideva. In alcuni momenti Jamel credette di scorgere sul suo viso accarezzato dal sole rimpianto, determinazione e dolore per l'amore finito. Marcia però non si abbandonò a quel dolore, ascoltò la proposta di Jamel e disse con un sorriso: "Ci penserò".

Gli strinse di nuovo la mano e se ne andò. Jamel la seguì con lo sguardo: la sagoma scura di una bellissima donna bionda che si allontanava su un vialetto innevato, i suoi passi leggeri che lasciavano impronte come in un dipinto di Alfred Sisley.

36.

“Conosce il pittore Claude Monet, Pétronille?”

Pétronille, seduta accanto al letto di Ernest, mangiava i bignè che lui non aveva toccato. Mormorò un sì e leccò il cioccolato rimasto sulle dita. Preferì non aggiungere che lo conosceva bene, visto che aveva sfogliato dozzine di volumi e cataloghi nella libreria di Frédéric.

“Quando ero giovane lavoravo in una ditta che produceva articoli per ufficio. Progettavo calendari,” proseguì Ernest con voce stanca e rauca. “Amavo il mio lavoro. Vede, chi vende calendari vende belle immagini, non il tempo che passa. Avevamo anche calendari con i capolavori dei grandi pittori. Il mio preferito era quello con le riproduzioni di Monet. Mi piacevano soprattutto i mesi primaverili con le *Ninfee*, *Il ponte giapponese*, il *Sentiero nel giardino di Giverny* e il *Salice piangente*, tutti quadri che aveva dipinto nel suo giardino. Conosce il giardino di Monet a Giverny? Oggi è molto famoso...”

Pétronille annuì. Che coincidenza che Ernest ne parlasse proprio quel giorno, mentre... La scatola sulla consolle di Frédéric! Le tornò in mente il biglietto d’ingresso al giardino di Giverny sotto la lettera del notaio che lo informava dell’eredità di Fabrice Nile. Ricordava anche la data: il 22 dicembre – oggi! Pétronille cercò di mettere insieme i pezzi, ma non riuscì a collegare i vari elementi tra loro. Certo però che non poteva essere solo un caso...

"I primi anni, all'inizio della carriera, viveva in miseria, faceva la fame ed era costretto a vendere le sue opere per pochi centesimi. Ma continuò a dipingere, senza mai tradire il proprio stile e quello sguardo speciale sul mondo, malgrado le offese da parte di critici e pubblico. Con il tempo i suoi quadri iniziarono a rendere meglio, alcuni mercanti diventarono suoi clienti fissi e Monet riuscì a comprare la casa in Normandia e creare quel magnifico giardino. Ha vissuto lì per quarantatré anni.

"Oh, naturalmente io non sono un esperto, Pétronille, ma le opere nate in quel giardino mi sembrano quelle più personali. Appena iniziò a guadagnare con la pittura, Monet cominciò a viaggiare, come Gauguin, Renoir e Cézanne. Alla fine però la felicità – e credo anche la verità – non la trovò in capo al mondo, ma nel suo giardino. Tutti quei colori, la luce che cambiava a ogni istante, la magia dell'effimero. Nel suo giardino scoprì veri tesori. Monet lo dipinse finché non diventò quasi cieco e in questo modo, a pensarci bene, ha aperto gli occhi al mondo."

Accidenti se era bravo a raccontare, si disse Pétronille. Ernest continuò a descrivere il giardino di Monet interrompendosi di tanto in tanto per riprendere fiato, e a lei sembrava di avere i dipinti davanti agli occhi. A un tratto Ernest smise di parlare.

Pétronille rifletté se non fosse il caso di andarsene o se invece l'uomo volesse confidarle ancora qualcosa. Ernest non aveva mai nominato il figlio, e lei non riusciva a togliersi dalla testa la frase che le aveva detto il giorno prima: "Nella mia vita ho dovuto prendere decisioni terribili".

Quando riprese a parlare, Ernest ebbe un violento attacco di tosse. Pétronille cercò di tranquillizzarlo, poi disse che era meglio se lo lasciava solo così poteva riposare.

"No, la prego, resti ancora un po'. L'ultima volta le ho detto che ho dovuto prendere decisioni terribili. È iniziato tutto nel giardino di Monet a Giverny. Penso spesso che avrei risparmiato un grande dolore a chi mi stava vicino se non ci fossi mai andato. Giverny. Lo ricordo come se fosse ieri. Era il dicembre del 1979."

37.

Frédéric arrivò all'ingresso del giardino di Giverny alle 8.28. Il sole stava sorgendo, l'alba lasciava il posto a un nuovo giorno. Jamel non c'era. Frédéric notò un cartello con gli orari di apertura appeso al cancello:

1° aprile – 1° novembre
9.30 – 18.00

Doveva esserci un errore. Guardò di nuovo il biglietto: 22 dicembre, ore 8.30. In quel momento si affacciò una ragazza.

"Monsieur Solis? Benvenuto nella casa di Monet."

"Ah, siete aperti?" domandò Frédéric sorpreso. "Vede, mi hanno regalato un biglietto e non so bene cosa devo fare."

"Allora le hanno fatto un gran bel regalo," sorrise la ragazza. "Grazie a quel biglietto avrà il piacere di visitare il parco fuori stagione, in tutta tranquillità. Di solito qui si riversa mezzo milione di persone l'anno, e una simile affluenza ovviamente va a scapito della quiete. È fortunato, stamani è l'unico ospite."

"Mi sta dicendo che ci sono solo io?"

"Lei e il personale. Vuole che controlli se sono previsti altri ospiti?"

Frédéric annuì e il suo cellulare vibrò. Era un sms di Jamel, che si scusava di non essere potuto andare e lo pregava di chiamarlo quando aveva finito.

La ragazza gli fece strada verso la casa con le persiane verdi. Dopo pochi passi Frédéric si fermò per ammirare il panorama. Non riusciva a crederci: era nel giardino di Monet. Fino a quel momento si era concentrato solo sul biglietto e su Fabrice Nile, e la meraviglia di quel luogo leggendario lo colse alla sprovvista. Alberi spogli, aiuole bianche, un'incredibile *palette* di sfumature delicate. Ogni cosa comunicava la magia che aveva inutilmente cercato negli showroom e nei cataloghi delle gallerie.

Perché non era mai stato lì? Un pallido sole si alzava sul parco immerso nel silenzio, e lui era solo in quel paradiso in letargo. I colori dei fiori, il canto degli uccelli, la serenità della primavera e lo sfarzo dell'estate – tutto svanito. Restavano le linee perfette che ne contenevano il ricordo, la maestosità degli alberi privi di foglie, la fervida creatività di un giardiniere innamorato, un giardino che aveva raggiunto la grazia nella sua espressione più pura. E quella divina giornata d'inverno.

Frédéric si sedette su una delle panchine verdi. Cercò di imprimersi nella mente l'attimo in cui aveva gettato il primo sguardo sul giardino, quel momento di genuino stupore già svanito per sempre. E perse la cognizione del tempo.

A un certo punto la ragazza gli si avvicinò. "Ho controllato, stamani c'è un altro visitatore."

Frédéric avvertì un brivido lungo la schiena. Era l'uomo con cui aveva appuntamento?

"Ah, quasi dimenticavo: hanno consegnato questa lettera per lei," aggiunse la ragazza.

Frédéric prese la busta e guardò la grafia inclinata, la stessa con cui erano scritte le frasi dietro i biglietti:

Monsieur Frédéric Villiers-Solis

Frédéric rabbrividì. Prima del suo ottavo compleanno, la madre aveva ripreso il cognome da nubile. Erano più di trent'anni che nessuno lo chiamava Villiers.

38.

"Sì, era il 1979, il 7 dicembre, per l'esattezza," proseguì Ernest. "Era nata da poco la Fondation Claude Monet, che aveva sede nella casa dell'artista a Giverny. Io andai là per ottenere il permesso di riprodurre alcuni dipinti nel calendario del 1981. Ancora oggi mi rivedo davanti al cancello verde, in attesa. Soffiava un vento gelido, e ricordo di essermi pentito di non aver messo i guanti. Era un inverno molto rigido... come quello di quest'anno."

Ernest guardò fuori dalla finestra, quasi vedesse di nuovo il cielo di allora a Giverny.

"Una giovane donna aprì e mi informò che la signora con cui avevo appuntamento era in ritardo a causa delle forti nevicate. Mi invitò ad aspettarla in casa. Nonostante il freddo, le chiesi se potevo fare una passeggiata in giardino. Non vedevo l'ora di visitarlo, adoravo tutte le opere che Monet aveva dipinto lì. All'epoca non era ancora aperto al pubblico. La mia richiesta sembrò mettere in difficoltà la donna, che esitò un istante, ma poi acconsentì. E io entrai per la prima volta nel giardino di Claude Monet. Mi guardai intorno e rimasi sconvolto.

"Era in condizioni pietose. Non solo trascurato, ma in completo abbandono. Sterpi che soffocavano i cespugli, erbacce che invadevano i vialetti, rami marci e alberi secchi. Le reti metalliche erano arrugginite, i vetri delle serre rotti, e ovunque erano disseminate schegge e immondizia ricoperte di muschio sporco. Più camminavo e più mi rendevo conto della portata di quello scempio. Niente era sopravvissuto. Alla fine raggiunsi il ponte giapponese e mi si strinse il cuore. Il ponticello di legno immortalato in uno dei capolavori di Monet c'era ancora, ma era ridotto a una triste reliquia di estati passate, non aveva più colore e spuntava come un relitto dall'acqua nera su cui galleggiavano una scarpa senza lacci e un pesce morto.

"Vagai come un'anima in pena in mezzo a quel cimitero di fiori. Avevo davanti agli occhi la primavera rappresentata sui miei calendari, gli iris e le ninfee, le rose e i glicini, ma ogni cosa intorno a me ricordava soltanto che tutto era finito. La devastazione era talmente grande da dare l'impressione che il tempo si fosse vendicato. Chi si credeva di essere, questo Monet, che si illudeva di creare un giardino eterno? Ecco cosa succedeva ai giardinieri che pensavano di essere artisti.

"Tornai in fretta verso la casa, profondamente scosso. Quanto avrei voluto comprare quel fazzoletto di terra e restituirgli lo splendore che il tempo gli aveva rubato. Ma cosa potevo fare io, un semplice venditore di calendari? In quel momento scorsi un uomo inginocchiato nella neve sporca che scavava la terra. Aveva risistemato le aiuole in un raggio di due o tre metri. Un piccolo arbusto respirava di nuovo, liberato dalle erbacce e rincalzato con terriccio fresco. L'uomo si voltò verso di me e mi osservò. Il suo viso brillava di sudore. Aveva occhi grigi, sopracciglia folte, mento marcato e le orecchie un po' sporgenti erano rosse per il freddo. Le guance perfettamente rasate e i capelli cortissimi erano passati di moda da almeno vent'anni, eppure doveva averne al massimo trenta. E malgrado tutto, ogni donna lo avrebbe considerato bello. Mi sorrise, e quel sorriso mi sembrò familiare. Ci eravamo già visti? Mentre riflettevo se conoscevo un giardiniere, l'uomo si girò di nuovo e si rimise al lavoro senza dire una parola.

"Nel frattempo la signora che aspettavo era arrivata. L'incontro andò bene e trovammo subito un accordo. Mi permisi di accennare alle condizioni del giardino. La donna condivideva la mia delusione e il mio dispiacere, però si disse ottimista. La fondazione aveva ricevuto donazioni da parte di mecenati americani, e presto sarebbero iniziati i lavori di ripristino. Si trattava di un progetto molto ambizioso, ma per fortuna Claude Monet aveva molti estimatori, così il giardino, dopo mezzo secolo di abbandono, sarebbe tornato all'antico splendore.

"'Tra l'altro,' continuò la donna, 'uno di loro è qui, un americano. È stato uno dei primi a finanziare il progetto, prima ancora che nascesse la fondazione. Ha perfino studiato per due anni orticoltura e architettura del paesaggio per poter partecipare ai lavori. Forse lo ha incontrato, adesso sta togliendo le erbacce vicino al ponte giapponese. Da questa estate viene due ore al giorno, che piova, tiri vento o nevichi. La gente a Giverny pensa che sia un po' matto, ma le assicuro, Monsieur, che se un giorno tutti potranno ammirare il giardino come lo ha dipinto Monet, sarà solo grazie a persone straordinarie come lui.'

"Le chiesi se potevo fermarmi ancora un po' nel giardino, e lei acconsentì."

Ernest tacque e si fissò le mani.

"Da più di trent'anni," mormorò senza alzare lo sguardo, "ogni sera mi domando come sarebbe stata la mia vita se non fossi tornato nel giardino."

39.

Frédéric esitò prima di aprire la busta. Si guardò intorno anche se era solo. Strappò con cautela il bordo e tirò fuori un dépliant. Era una piantina del Musée d'Orsay, di quelle che si consegnano ai turisti. Frédéric la aprì e vide una croce disegnata con un pennarello rosso nella sala 29, al quinto piano, una sigla (RF 1984 64) e un orario: 14.00.

La croce rossa era al piano degli impressionisti. Frédéric si sarebbe stupito del contrario.

Se quel giorno poteva passeggiare indisturbato nel giardino di Giverny, al d'Orsay non avrebbe avuto lo stesso privilegio. La visita era fissata per la vigilia di Natale, in un momento di grande affluenza, e il museo sarebbe stato pieno zeppo.

Voltò la piantina e si accorse che c'era scritto qualcosa, sempre con il pennarello rosso. Però, diversamente dalla bella grafia delle frasi sui biglietti, quelle parole erano state buttate giù in fretta, come inseguendo un'idea dell'ultimo minuto. *Un dipinto di grande valore l'aspetta. Venga all'appuntamento.*

Si dice che il posto migliore per nascondersi sia in mezzo alla folla. Frédéric ripensò al suo timore che qualcuno volesse rifilargli un quadro rubato. Durante il viaggio in treno e la gita in barca non aveva più ripensato a quella possibilità, in effetti piuttosto remota. Tuttavia adesso aveva la sensazione che quella busta celasse un pericolo che non aveva preso in considerazione. Inoltre la visita al museo era l'ultima tappa. Lì si sarebbe risolto tutto. Quarantotto ore dopo.

Telefonò a Jamel, che però non rispose.

Frédéric aveva le gambe intorpidite dal freddo e dalla stanchezza, ma non poteva andarsene senza aver visitato anche il resto del giardino. Soprattutto il laghetto con le ninfee. Camminò lungo i freddi vialetti finché scorse i salici piangenti che circondavano quella piccola oasi in mezzo al parco. Poi lo vide. Il ponte giapponese, verniciato di un verde acceso, che attraversava il laghetto immerso nel paesaggio invernale. E capì che era quello il ponte disegnato da Fabrice Nile sulla sua mappa del tesoro. Il cielo si rifletteva sull'acqua, e sembrava che le nuvole scortassero il visitatore verso un trono dagli splendidi colori, il trono del grande artista che in passato aveva percorso quello stesso cammino. Frédéric si fermò incantato, dispiaciuto di non poter abbracciare l'intero parco con lo sguardo. Assaporò il silenzio. Senza rendersene conto rimase in raccoglimento per un istante. Cercò di entrare in contatto con il pittore che tanto amava, il defunto proprietario di quel giardino, sepolto a Giverny nel cimitero dietro la chiesa. Com'era possibile che Frédéric lo vedesse davanti a sé, imponente e con la barba folta, fermo sul piccolo ponte a contemplare il suo paradiso d'acqua?

Un uccello lanciò un richiamo, e in lontananza si accese un motore. Frédéric si rese conto che quello sul ponte non era lo spirito di Monet, ma un essere umano in carne e ossa. Quando si avvicinò, la figura era scomparsa.

40.

Pétronille cominciò a preoccuparsi. Ernest aveva l'aria esausta e tossiva sempre più spesso. Era chiaro che parlare lo stancava molto, ma allo stesso tempo si capiva che aveva bisogno di continuare. Pétronille ripensò alle parole del medico: all'uomo sdraiato in quel letto rimanevano poche settimane di vita. Doveva restare ad ascoltarlo o rompere l'incantesimo e convincerlo a riposare? Appena Ernest aprì bocca e proseguì il suo racconto, rimase ipnotizzata.

"Tornai nel giardino. L'americano era ancora lì. Mi parlò senza nemmeno voltarsi, con un accento marcato.

"'Ha il pollice verde, come dite qui?'

"'No, purtroppo no,' risposi. 'Gli altri progettano i giardini e io mi limito ad ammirarli.'

"'Ah, quindi potremmo dire che ha l'occhio verde?'

"Io risi, e lui si girò verso di me.

"'Sì, suppongo di sì. Ho sentito che si sta dedicando a un grande progetto.'

"Lo sconosciuto mi diede di nuovo le spalle e riprese a lavorare.

"'È un artista?' mi domandò.

"'No, no. Anche in questo campo sono solo un ammiratore.'

"'I miei genitori volevano che diventassi pittore. Sono

amanti della pittura. Mia nonna possedeva alcuni dipinti di Monet. Ho studiato a lungo la luce e i colori, però mi manca il talento, *you understand*? Sono venuto a Giverny sperando di trovarlo in questo giardino, ma non è andata così. In compenso il giardino ha trovato me. Allora ho buttato via i pennelli e ho preso questa per creare luce e colori.' Mi mostrò una piccola zappa.

"'È difficile credere che questo pezzetto di terra un tempo fosse il giardino di Monet,' commentai assorto.

"'Ma bisogna crederci,' disse fissandomi negli occhi. 'Bisogna crederci, amico mio,' ripeté, e si alzò. 'Guardi quelle aiuole laggiù. I colori sono sempre lì, l'inverno li nasconde soltanto. *It's like a sketch* – uno schizzo, capisce? Anche le ninfee un giorno fioriranno di nuovo. Forse ci vorranno due anni, dieci, magari cinquanta. Il tempo non conta, bisogna crederci.'

"L'uomo si tolse un guanto e frugò nella tasca del giaccone sporco di terra. 'Voglio farle vedere una cosa.'

"Tirò fuori una cartina del parco consumata, doveva averla aperta e ripiegata centinaia di volte. Era talmente grande che dovette allargare entrambe le braccia per distenderla tutta. Vi aveva riprodotto alcuni quadri di Monet, incollato foto dell'epoca del pittore e fotocopie di estratti delle sue lettere. C'erano anche i nomi delle stagioni, scritti in una grafia elegante: *Winter*, *Summer*, *Spring*, *Fall*. Poi vidi altre parole, come *Fleeting*, *Serendipity*, *Eternal*, *Joy*, e quelli che mi sembrarono ideogrammi giapponesi. Al centro spiccava un cuore rosso fuoco, forse quello della protettrice dei giardini.

"L'uomo ripiegò la cartina.

"'Questo giardino è esistito perché Monet lo ha immaginato,' disse con profondo rispetto. 'Amava quello che ancora non si vedeva, capisce? Non ha mai dubitato che da questo pezzetto di terra un giorno sarebbe nato un giardino. Lo immagino anch'io, e credo di poterlo riportare in vita. È come con le mappe del tesoro: se ci credi davvero, trovi il tesoro.'

"Sì, i colori erano riapparsi, e cominciai a farmi un'idea di quello che doveva aver visto l'artista tanto tempo prima.

"'Non mi sono ancora presentato. Ernest Villiers,' dissi.

"L'uomo mi strinse la mano e rispose con un sorriso: 'Simon Offenbach'."

41.

Frédéric non trovò nessuno sul ponte. Aveva i brividi, mani e piedi cominciavano a fargli male per il freddo. Era meglio tornare a casa. Il motivo per cui Fabrice Nile voleva che visitasse il giardino di Monet era la lettera. Bene, l'aveva ricevuta, perciò poteva anche andarsene. Un rumore ruppe il silenzio. Frédéric si voltò. Era il grido di una gazza appollaiata su un piccolo cartello che era volata via.

Perché Frédéric continuava a fissare quel pezzo di legno? Erano solo informazioni per i turisti. Qualcosa lo spinse a seguire l'istinto, quasi un impulso superstizioso, e scese dal ponte per leggere la scritta.

Ci ho messo del tempo per capire le mie ninfee... Le ho coltivate senza pensare di dipingerle... Un paesaggio ci mette più di un giorno per entrarti sotto la pelle. Poi, all'improvviso, ho avuto la rivelazione di quanto fosse bello il mio piccolo lago. Ho preso la mia tavolozza. Da allora non ho avuto pressoché altri soggetti.

Claude Monet

Frédéric rimase allibito. Tirò fuori il biglietto d'ingresso dalla tasca e lesse la frase sul retro.

Cogli al volo l'incanto del tuo piccolo lago o presto regnerai su un mare di fiori appassiti.

Si sentì invadere dalla rabbia. Era quello il tesoro della sua vita? Quello che aveva sotto gli occhi? Perché questo diceva il rebus. Qualcuno voleva dargli una lezione dispensando perle di saggezza da due soldi.

Di colpo gli fu tutto chiaro. Rivide il ragazzo sul treno e il Capitano... Ogni incontro faceva parte del piano. I dettagli, le conversazioni, nulla era stato lasciato al caso, tutto era un indizio. E non era un caso nemmeno che nel giardino ci fosse un altro visitatore. Anche quello faceva parte del piano. Il cuore di Frédéric batteva impazzito. Doveva trovare lo sconosciuto che si aggirava nel parco. Doveva trovarlo a ogni costo e costringerlo a parlare. Sul punto di esplodere, Frédéric iniziò a correre come un pazzo. Correva, ma dello sconosciuto nessuna traccia. Era sparito anche lui, come gli altri. Delle ombre si muovevano dietro i salici nella fioca luce invernale, ma Frédéric non riuscì a distinguerle. Tutte le persone che incontrava si volatilizzavano. Com'era possibile? Anche loro erano soltanto fantasmi?

Frédéric corse più veloce che poteva. Scivolò due volte, cadde nella neve, si rialzò e continuò a correre. Poi si fermò. Era di nuovo al ponte giapponese. Era furioso e sudava freddo. Aveva attraversato l'intero parco in lungo e in largo.

"Lo so che è qui! Venga fuori!" gridò.

Nel giardino di Monet tutti i rumori cessarono all'istante. E Frédéric scorse una sagoma dietro i salici.

42.

“Simon Offenbach insistette per mostrarmi l’intero giardino, con tutti i suoi angoli più inaccessibili. Prese un falcetto per tagliare le erbacce, in modo che potessimo arrivare ovunque. Ogni volta che ci fermavamo, faceva comparire davanti ai miei occhi i dipinti che quel luogo aveva ispirato al maestro impressionista: *La casa dell’artista vista dal roseto*, il *Ponte giapponese*, *La barca*, le *Ninfee*, *Iris gialli e viola*, il *Sentiero nel giardino di Giverny*, il *Salice piangente*, *Il giardino dell’artista a Giverny*. E faceva rivivere anche quella che chiamava ‘la verità del giardino’, ossia il nome di tutte le piante e la forma originaria delle aiuole scelta da Monet. Quanto restammo lì? Non saprei dirlo. Avevo la sensazione che il tempo si fosse fermato, e il mio nuovo amico disse che era uno dei suoi grandi problemi: non appena iniziava a lavorare nel giardino, perdeva la cognizione del tempo. Doveva essere per quello che la sua piccola galleria d’arte sul corso principale di Giverny non rendeva praticamente nulla, aggiunse scoppiando a ridere.

“Non riuscivo a capire perché il suo viso mi fosse così familiare. Non era solo per i lineamenti. Dopo un paio d’ore in sua compagnia, sembravamo affiatati come due vecchi amici. Gli elencai i nomi di possibili conoscenti in comune, ma ogni volta lui rideva e scuoteva la testa.

"Non riuscivo ad andarmene, continuavo a rimandare. A ogni treno che perdevo mi dicevo che avrei preso quello dopo. E poi quello dopo. E quello dopo ancora. Visitammo la sua galleria. Si fece buio. Non avevo mangiato nulla per tutto il giorno, ma non avevo fame. E soprattutto non volevo partire.

"Di fronte a lui il resto impallidiva. Quel Don Chisciotte che aveva dichiarato guerra al tempo e alle erbacce mi lasciò intravedere nuove possibilità. Se un uomo normalissimo poteva far rinascere il giardino di uno dei maggiori artisti mai esistiti, allora anch'io potevo fare grandi cose. Simon Offenbach mi diede le ali.

"Era molto tardi, rischiavo di perdere anche l'ultimo treno. Gettai un'occhiata all'orologio: avevamo trascorso insieme otto ore. Incredibile! Dovevo decidermi a tornare a casa. Lui si offrì di accompagnarmi alla stazione. Aveva ricominciato a nevicare, e i grossi fiocchi bianchi brillavano alla luce gialla dei lampioni. La strada era deserta. Poco prima della stazione, Simon Offenbach si fermò. Disse che i treni che partivano gli mettevano addosso una profonda tristezza, preferiva salutarmi lì. In effetti aveva un'aria molto triste. Gli diedi il mio biglietto da visita e promisi che ci saremmo rivisti. Lui mi fissò negli occhi e mi accarezzò la guancia. Quel gesto mi sconvolse.

"La mia guancia, che fino a quel momento era stata sfiorata solo da qualche donna, la guancia di un uomo sposato. Sì, ero sposato, glielo avevo detto? Come si permetteva quell'uomo di mettere in dubbio la mia virilità e infangare la nostra amicizia innocente con malizie da pervertito? La sua manifestazione di dolcezza mi bruciava come un'infamia. Gli mollai una sberla così forte che barcollò. Ringraziai Dio che nessuno avesse visto quella scena indegna."

Ernest fece una breve pausa.

"Naturalmente avrei dovuto chiuderla lì. Prendere il treno senza voltarmi indietro e dimenticare Simon Offenbach. Ma l'umiliazione mi ribolliva nel sangue. La strada era deserta, e la mia testa... la mia testa... Avevo perso la testa. Su tutte le furie, mi scagliai su di lui e...

"...e lo baciai."

43.

Adesso la figura era sulla riva opposta del laghetto. Il vento scuoteva leggermente i lunghi rami del salice, e Frédéric intravedeva la sagoma slanciata in abito nero. Immobile.

"È lei, vero?" gridò Frédéric nel vento freddo. "È Fabrice Nile? Il ragazzo con il tatuaggio, il Capitano con gli stivali da pescatore, è stato lei, non è così? Risponda!" La figura non si mosse.

"E Jamel? Anche lui fa parte del complotto? Cosa vuole? Farmi diventare pazzo? Come si permette di prendersi gioco di me!" urlò Frédéric con tutto il fiato che aveva in gola. Sputava minuscole gocce di saliva ed era paonazzo.

"Ne ho abbastanza di queste sciarade, dei messaggi senza senso, degli indovinelli ridicoli! Cosa vuole da me? Soldi? Non ho più nulla. Sono rovinato. Ed è colpa sua se ho perso tutto. MI RISPONDA!"

Frédéric corse verso il ponte per attraversare il laghetto. Era fuori di sé. A metà tragitto si bloccò. Il vento aveva scosso i rami del salice scoprendo la figura.

Era uno spaventapasseri.

Ricominciò a nevicare, e il giardino sembrò voler mostrare al mondo un'altra faccia del suo splendore. Ma in quel momento Frédéric non aveva occhi per la bellezza. Se solo si fosse visto, in mezzo alla più grande creazione di Monet, in quel paesaggio invernale che amava tanto! Sarebbe potuto essere il soggetto di un dipinto o l'illustrazione del mese di dicembre su un calendario, tanto la sua presenza e le sue impronte nella neve si fondevano con l'incanto che scintillava nella luce fredda di quella magnifica giornata d'inverno.

Frédéric però non vedeva nulla, sentiva solo la sua rabbia che dipingeva croci rosse nel giardino bianco e mollò un calcio al parapetto del ponte giapponese. Spinto dalla furia, cominciò a strappare iris e rose, a scavare con entrambe le mani la terra grigia, a colpire salici e bambù.

Il servizio di sicurezza della Fondation Claude Monet non ci mise molto a immobilizzare il pazzo che stava distruggendo il giardino. Quando gli chiesero il suo nome, Frédéric rispose con assoluta serietà: "Fabrice Nile".

44.

“Quella sera, quando tornai a casa, mentii a mia moglie per la prima volta. Rividi Simon e le mentii di nuovo. E poi ancora. L’amore fra me e Simon cresceva, e mi lasciai trasportare dal suo ottimismo al punto da cancellare l’altra metà della mia vita. Vivemmo il nostro amore proibito per quasi due settimane, e credo di poter dire che toccavo il cielo con un dito. La mia fiducia nel futuro era tanto cieca quanto elettrizzante. Ogni cosa era nuova. Da quel momento la mia vita aveva un senso solo accanto a Simon. Ci incontravamo a Giverny o nella sua casa a Vétheuil. Non so come potessi credere che quella doppia vita sarebbe durata. Probabilmente non mi ponevo nemmeno il problema. Vivevo alla giornata, con un’intensità che non avevo mai provato. Vivevo due, tre, mille splendide vite. Per la prima volta ero completamente me stesso. Fu come rinascere.

“Il nostro rapporto, considerato contro natura, non infrangeva certo la legge, però era messo al bando dalla società. All’epoca la rivoluzione sessuale degli anni settanta non era ancora arrivata nei villaggi della Normandia. Mi chiedo se oggi lo sia. Eravamo costretti a nasconderci. Simon non era sposato e, al contrario di me, non doveva sopportare il peso di quei sotterfugi. La sua leggerezza era contagiosa quanto la sua gioia. Dopo qualche giorno abbassammo la guardia, diventammo imprudenti. E andò come doveva andare. Il 19 dicembre mia moglie ci scoprì. L'amore che aveva provato per me durante i nove anni di matrimonio si trasformò all'istante in un odio implacabile. Mi ordinò di uscire subito da casa nostra. Minacciò di raccontarlo a tutti, di rovinarmi, se non fossi sparito immediatamente e per sempre dalla sua vita.

"Era il 19 dicembre 1979. Cinque giorni prima di Natale. Ma non le ho ancora detto..."

In quel momento Pétronille, che ascoltava rapita, udì una voce allegra e la porta si aprì. Appena vide Jamel, Ernest si illuminò.

"Ah, Pétronille, mi permetta di presentarle mio figlio," disse.

Pétronille si irrigidì e tirò un lembo del cardigan. Per una frazione di secondo il suo cuore aveva smesso di battere.

45.

Jamel fissò Pétronille, Pétronille fissò Jamel.

Jamel però non poteva dire: "Mademoiselle, lei è la cosa più bella che abbia mai visto e nel mio cuore sento già di amarla, anche se non ho idea del perché, dato che non la conosco nemmeno, ma fidiamoci delle farfalle nello stomaco e fuggiamo insieme a salvare il mondo" quindi balbettò: "Buongiorno".

Allo stesso modo, Pétronille invece di dire: "Monsieur, lei, con quella dolcezza negli occhi, è l'uomo che ho sempre cercato. La prego, non smetta di guardarmi, è così bello...", chiese: "Gradisce un bignè?" e gli allungò il contenitore di plastica.

Jamel si riscosse, rispose: "No, grazie" e si voltò verso Ernest.

"Ero passato a prendere una cosa... ehm... ma non ricordo cosa..."

"Assaggia uno dei bignè di Pétronille e vedrai che ti tornerà in mente," ribatté Ernest e li presentò: "Pétronille... Jamel".

Aveva appena finito di parlare che bussarono alla porta e Maurice apparve sulla soglia.

"Ernest, come stai? Mademoiselle, è un piacere rivederla. Jamel, hai un attimo?"

La testa di Gilles spuntò sotto quella di Maurice.

"Ciao, Ernest."

"Ciao, Gilles. Tutto a posto, ragazzo mio?" domandò Ernest.

"Alla grande."

Per ultimo si affacciò Bertrand, che svettava su Maurice, e sollevò il cappello da pirata in segno di saluto.

Nel vederli tutti e tre, Jamel scoppiò a ridere.

"Pétronille, le presento Gaspare, Melchiorre e Baldassarre. I tre Magi arrivati dall'Oriente hanno seguito la stella di Betlemme fin qui..." disse.

"Senti un po', i tre Magi arrivati dall'Oriente devono parlarti. Se non vuoi finire nei guai, ti conviene venire subito," lo avvisò Bertrand.

"Dobbiamo parlare," ribadì Maurice.

"Vertice di emergenza," rincarò Gilles.

"Ok, arrivo."

Prima di uscire, Jamel si rivolse a Pétronille: "Torno presto. Mi lasci un bignè".

46.

Pétronille si sforzò di darsi un contegno. Prese bignè e borsa e balbettò che Ernest era sicuramente stanco, che si era fatto tardi e lei doveva andare a casa. Una vera sciocchezza, considerando l'effetto che le aveva fatto Jamel.

"Grazie di avermi ascoltato, Pétronille. Quando uno arriva alla fine come me, vengono a galla tanti ricordi e non sa che farsene perché non c'è nessuno a cui raccontarli. Allora i ricordi restano, si sostituiscono al presente, e a quel punto è fregato."

Pétronille si alzò e si diresse alla porta.

"Tornerò, Ernest. Tenga da parte tutti i suoi ricordi, me li racconterà... dopo Natale."

Poi si voltò.

"Già, è vero, devo farle gli auguri. Tra poco è Natale..."

Pétronille si avvicinò al malato e lo abbracciò.

"Buon Natale, Ernest."

Lui la guardò.

"Buon Natale anche a lei. Sa una cosa, mia cara Pétronille? A forza di parlare mi è venuta fame. I suoi bignè creano dipendenza."

Pétronille posò la borsa e riaprì il contenitore di plastica. Aveva capito cosa si nascondeva dietro la fame improvvisa di Ernest. Le stava chiedendo in maniera velata di restare con lui ancora un po'. Aveva notato che tra lei e Jamel era scoccata la scintilla? Voleva fare in modo che si avvicinassero?

"Va bene, perché è lei. Non voglio che muoia di fame," disse Pétronille.

"Vede, Jamel non è veramente mio figlio."

A quanto pareva, Ernest voleva confidarle quello che aveva taciuto fino a quel momento. Inoltre Pétronille moriva dalla voglia di sapere chi era Jamel e come aveva conosciuto Ernest, perciò si sedette di nuovo accanto al letto.

"Ho conosciuto Jamel proprio qui, in questo ospedale. Più di vent'anni fa. Eravamo nella stessa stanza. Io ero in cura per un infarto, lui aveva diciotto anni ed era completamente allo sbando. Alcol e droghe avevano compromesso gravemente la sua salute, ed era rimasto zoppo dopo essersi ferito alla gamba destra in un incidente d'auto. Io avevo Simon che veniva a trovarmi spesso, Jamel invece era solo. Diventammo amici. Io e Simon arrivammo addirittura ad adottarlo. O meglio, fu lui ad adottare noi. Si dice che la famiglia non ha niente a che vedere con i legami di sangue, ma con la mano che qualcuno ci tende. E forse io ho teso la mano al giovane Jamel perché... perché non potevo tenderla al mio vero figlio."

La mano di Ernest tremava. Pétronille si chinò sul letto e la strinse fra le sue come aveva immaginato di stringere quella di Frédéric.

"Io e mia moglie avevamo un figlio. Frédéric. Il bambino più bello del mondo. Eravamo una cosa sola. Era... oh, Pétronille, come posso descriverlo! Era il mio bambino, il mio piccolo ometto. E io lo amavo più di ogni altra cosa. Quell'inverno aveva sette anni. Quando saltò fuori la verità, la famiglia di mia moglie mi proibì di vederlo. Non ho potuto nemmeno dirgli addio, ma credevo che prima o poi gli animi si sarebbero calmati e avrei potuto parlargli. Speravo che un giorno mia moglie mi perdonasse e capisse che la mia relazione con Simon non era né contro natura né una malattia contagiosa. Pensavo giorno e notte al mio bambino, a mio figlio, che cresceva e sicuramente mi somigliava, e io non potevo vederlo.

"A ogni compleanno gli mandavo un piccolo regalo. E a Natale setacciavo per ore come tutti i genitori il reparto giocattoli dei grandi magazzini in cerca di qualcosa di speciale. Me lo immaginavo in pigiama, che giocava accanto all'albero che non potevo più addobbare insieme a lui. Facevo un bel pacchetto con la carta colorata e lo chiudevo con un fiocco. Sul biglietto scrivevo sempre la stessa frase: 'Per Frédéric, da papà che ti vuole tanto bene'. Per dieci anni, subito dopo Natale ho pregato con tutte le mie forze che il postino non arrivasse. Ma ogni volta arrivava e mi riconsegnava il pacchetto. Non era stato aperto, e mio figlio non aveva letto i miei auguri.

"Se quel giorno di dicembre del 1979 avessi saputo che non avrei più rivisto mio figlio, avrei lasciato Simon? Con quell'uomo sono stato felice per vent'anni, Pétronille. Vivevamo nella sua casa di Vétheuil, accanto a quella di Monet, o in un appartamento a Giverny. Simon è diventato capogiardiniere, io ho progettato qualche altro calendario e poi mi sono occupato della sua galleria d'arte, che è stata chiusa qualche anno fa. Capisce, Pétronille, di fronte a quale bivio mi ha messo il destino? Dovevo scegliere tra l'amore della mia vita e la cosa più preziosa che avevo."

Ricorda il grande amore che dentro di sé nascondeva l'inverno, pensò Pétronille. Prima che avesse il tempo di ricordarsi dove aveva già sentito quella frase, Ernest continuò.

"Poco prima che mio figlio compisse vent'anni persi le sue tracce, ma le ritrovai qualche anno dopo, quando lessi sul giornale che era stato ammesso a una prestigiosa università americana. Jamel insisteva perché gli scrivessi. Da solo non avrei mai trovato il coraggio. Gli scrissi una lunga lettera spiegandogli cosa era successo e chiedendogli di perdonarmi. Anche quella lettera tornò indietro. Gli avevo dato l'indirizzo di Jamel, perché quando eravamo a Parigi io e Simon stavamo da lui. Non ho potuto dirgli addio e non mi sono mai rassegnato.

"Ora però la vita mi obbliga a separarmi da quanto ho di più caro, e nemmeno adesso posso dire addio a mio figlio. So che Jamel sta tramando di nascosto qualcosa per portarlo da me. Io lo lascio fare. Lo lascio fare, ma..."

Ernest sorrise, e Pétronille capì che era arrivato il momento di andarsene.

47.

Frédéric era lungo disteso sul parquet, le unghie ancora sporche di terra e la camicia inzaccherata di fango. La poltrona era sparita, insieme alla consolle. Contro la parete erano ammassati scatoloni in cui erano stati gettati alla rinfusa gli oggetti che prima erano contenuti nei preziosi mobili d'antiquariato. Sparpagliate intorno a lui sul pavimento, dozzine di volumi sugli impressionisti.

Quando era tornato da Giverny, era già scuro. Nel frattempo aveva smesso di tremare. Lo avevano trattenuto in caserma per molte ore, dove erano risaliti senza il minimo sforzo alla sua vera identità. Il giardino di Monet era patrimonio dell'Unesco, e gli atti di vandalismo erano severamente puniti. Frédéric aveva evitato l'arresto, certo, ma gli sarebbe toccato presentarsi davanti al giudice e pagare una multa parecchio salata. Era stato rilasciato solo nel pomeriggio. Adesso l'avvocato Frédéric Solis aveva un precedente penale.

Nevicava dalla mattina, e quando era uscito dalla caserma non aveva ancora smesso. Frédéric non aveva voglia di tornare a casa, ma non sapeva dove altro andare. Puzzava di sudore e moriva di freddo. Immobile sul marciapiede, aveva pensato alle ninfee. Le ninfee che sbocciavano sotto gli occhi di Monet come in migliaia di giardini sconosciuti. In quale istante divino lo sguardo dell'artista era cambiato e aveva scoperto il sublime nell'ordinario? Era stata una variazione di luce? Il suggerimento di un amico? Una felicità che lo portava a celebrare ogni cosa, oppure una profonda solitudine che lo spingeva ad aggrapparsi a una ninfea?

Mentre i fiocchi di neve gli restavano impigliati tra i capelli, Frédéric aveva preso il cellulare senza riflettere e aveva chiamato Marcia. Lei non aveva risposto.

Ora, sdraiato sul pavimento nell'appartamento in disordine, Frédéric osservava il Sisley. Avvertì una fitta allo stomaco e distolse lo sguardo. Gli mancavano ancora 30.000 euro per evitare che l'ufficiale giudiziario confiscasse il dipinto. Era solo la ventesima parte del suo valore, eppure non era in grado di mettere insieme quella somma. Fissò la lampadina che pendeva dal soffitto, dove fino a poco prima splendeva il lampadario di cristallo. Due giorni. Ancora due giorni alla visita al Musée d'Orsay. Non passavano mai...

All'improvviso bussarono alla porta. Frédéric si alzò nel suo vestito sgualcito e guardò preoccupato dallo spioncino. Chi poteva essere a quell'ora? Gettò un'occhiata all'orologio. Erano soltanto le sei. Aveva perso la cognizione del tempo. Aprì la porta e si trovò davanti l'uomo che gli aveva consigliato Witherspoon.

Michael S. era un agente immobiliare, comprava e vendeva proprietà di lusso per conto di clienti facoltosi. La maggior parte delle transazioni veniva conclusa in fretta, spesso in contanti, e non lasciava tracce. Frédéric lo aveva contattato prima del disastro con Witherspoon e, non essendo abituato a non avere un'assistente, aveva dimenticato l'appuntamento.

Si scusò per il disordine, ma l'agente immobiliare non lo ascoltò nemmeno. Puntò dritto alla finestra per controllare la vista. Poi esaminò l'appartamento.

"Quante camere da letto ci sono?" domandò.

"Una, più un piccolo studio."

"Considerando la metratura, dovrebbe averne almeno due. Ha apportato modifiche strutturali?"

"Sì," ammise Frédéric.

"Capisco. Con una camera da letto in più, potrei venderlo a una cifra più alta."

"Vorrei venderlo così com'è," tagliò corto Frédéric.

L'agente immobiliare sapeva che era inutile insistere. Gli fece firmare i documenti, poi passò davanti al Sisley commentando "Carino, il quadro" e se ne andò.

Frédéric si avvicinò alla finestra. Prese il cellulare e provò di nuovo a chiamare Marcia. Ancora una volta, lei non rispose. Frédéric guardò la città ed ebbe l'impressione che il cuore di Parigi pulsasse senza di lui. Presto non avrebbe più goduto di quel panorama, ma stranamente non provava tristezza. A dire il vero, non provava nulla. Né gioia né dolore. Si accorgeva solo del tempo che passava e lo trascinava in un mondo sconosciuto. Frédéric era convinto che dopo il 24 dicembre niente sarebbe stato più come prima. Stava finendo dritto nell'occhio del ciclone. Chiuse le tende e si sedette sul pavimento, davanti al sentiero innevato del quadro di Sisley. Voleva ammirarlo un'ultima volta.

A mezzanotte era sempre lì. Sulla sveglia in camera da letto, il 22 dicembre diventò il 23. Il giorno dopo Frédéric sarebbe andato al Musée d'Orsay.

48.

Pétronille raggiunse l'ascensore del terzo piano. Era ancora scossa dalla confessione di Ernest. Doveva dirlo a Frédéric? Quella situazione era troppo per lei. Tutte quelle vite appese a un filo. Tutto quel dolore, un dolore infinito. Ora capiva il significato dei tanti misteri: era vero, c'era lo zampino di Jamel. Era stato lui a organizzare i viaggi per Frédéric allo scopo di far incontrare padre e figlio. Ne avrebbe parlato con Dorothée, lei avrebbe saputo cosa fare. Jamel, con quel sorriso che aveva lasciato il segno... Pétronille sospirò e mentre entrava nell'ascensore sentì qualcuno che la chiamava. "Pétronille!"

Bloccò le porte che si stavano chiudendo e Jamel si infilò dentro di corsa. Pétronille lo guardò con aria smarrita.

"E i miei bignè?" chiese Jamel sorridendo.

"Ah già, i bignè," disse Pétronille sollevata.

"Non mi fraintenda, Pétronille, non sto mettendo in dubbio le sue buone intenzioni, ma chi è lei?"

Pétronille sgranò gli occhi.

"Ha chiesto informazioni su Fabrice Nile e ora è diventata la confidente di Ernest. C'è qualcosa che vuole dirmi?"

"La mappa del tesoro di Fabrice Nile e i misteriosi biglietti sono stati ereditati da Frédéric Solis, che non ha la minima idea di cosa significhino. C'è qualcosa che vuole dirmi lei?" replicò Pétronille dopo un attimo di silenzio, senza smettere di fissare Jamel.

Jamel fece un sorrisetto malizioso. "L'ho capito subito che noi due dovevamo parlare. Posso offrirle un caffè?"

"Prendo un tè verde al gelsomino senza zucchero e ho solo mezz'ora di tempo, a casa mi aspetta una montagna di bignè."

"Vedo che ha le idee chiare. Ottimo. Dopo di lei," disse Jamel quando le porte dell'ascensore si aprirono al pianoterra.

Si sedettero a un tavolo nel grande bar dell'ospedale, dove ovviamente non avevano il tè verde al gelsomino. Jamel portò a Pétronille una tazza con una bustina di tè del supermercato su un vassoio umido.

"Dato che non ho avuto il mio tè verde al gelsomino e una parte dell'accordo non è stata rispettata, inizia lei."

Jamel sorrise. "D'accordo." Sospirò, poi tornò serio. "Ernest morirà presto. Molto presto. Per tutta la vita ha desiderato rivedere suo figlio, ma Frédéric non ha mai voluto saperne. E per motivi completamente sbagliati. Io devo tanto a Ernest e adesso forse ho la possibilità di farli riconciliare prima che sia troppo tardi. Ecco tutto."

"E cosa c'entra Fabrice Nile?" domandò Pétronille.

Jamel tacque e la osservò sorridendo. Pétronille capì: ora toccava a lei.

"Ho lavorato come assistente personale per Frédéric Solis, e lui mi ha chiesto di raccogliere informazioni su Fabrice Nile. Voleva sapere anche se esisteva un legame tra Fabrice Nile ed Ernest Villiers."

"Gli ha raccontato dell'ospedale?" chiese Jamel, di colpo pallido. "Mi dica cosa ha scoperto."

"Su Fabrice Nile niente. Anzi no, non è esatto. In fin dei conti l'essenziale, guardando bene la sua mappa del tesoro..." Pétronille si interruppe brevemente e fissò Jamel negli occhi. "È lei che tiene il corso, vero?"

Jamel annuì.

"Cosa ha saputo sul conto di Ernest?" chiese poi.

"Tutto, credo... Simon, Giverny, i regali di Natale rispediti al mittente, la lettera che Frédéric non ha mai aperto, lei..."

Jamel chinò la testa.

"Ed è tutto nella sua relazione," commentò con amarezza.

"E se anche fosse?" domandò Pétronille.

"Non so... Parte della magia andrebbe perduta. Tutto qui. E Frédéric non avrebbe mai il suo dipinto."

"Allora ringrazi la divina provvidenza."

Jamel rialzò la testa e osservò Pétronille.

"Frédéric Solis mi ha licenziata prima che gli consegnassi la relazione. Non sa nulla."

Il viso di Jamel si illuminò.

"E ora veniamo a Fabrice Nile," lo incalzò Pétronille.

"Fabrice Nile era un amico. L'ho conosciuto in ospedale, a quanto pare qui era di casa. Era uno che regalava a piene mani, anche se non aveva granché. La vita non era stata sempre generosa con lui. Quando lo guardavo disegnare la sua mappa del tesoro con tutte le piccole cose che sognava, mi si spezzava il cuore. Per un po' ha vissuto con me. Quando è morto, siamo stati gli unici a piangerlo. Almeno noi però c'eravamo. Io, Gilles, Maurice, Bertrand ed Ernest. Eravamo la sua famiglia e abbiamo organizzato una cerimonia funebre qui in ospedale. Avevo l'impressione di sentirlo ridere da lassù: sarebbe stato felice di vederci tutti insieme. Come sempre, Ernest ha tenuto un bel discorso, e per l'ennesima volta mi sono reso conto di quanto sono fortunato ad avere un padre adottivo come lui. Non ho potuto fare a meno di pensare a Frédéric, che aveva tutto quello che Fabrice poteva solo sognare, ma non aveva la fortuna di ascoltare il discorso di Ernest e avere la bella famiglia che avevo io. Non c'è giustizia a questo mondo. Da una parte un padre che non aveva più alcun diritto sul figlio, e dall'altra un bambino innocente costretto a vivere con il vuoto di quell'assenza, che ormai era diventata una parte di lui, al punto da non volere più che le cose cambiassero. Quel giorno decisi che io invece avrei fatto quanto era in mio potere per cambiarle, perché Fabrice era morto ed Ernest stava per morire, e allora sarebbe stato troppo tardi. Ne parlai con Gilles, Maurice e Bertrand. La mappa del tesoro è stata una loro idea.

"Fabrice non aveva fatto testamento perché credeva di non possedere niente, ma non era vero: aveva la mappa del tesoro, e lì c'era tutto. La ricerca della verità personale, l'odio per l'intolleranza e il suo motto, 'Cogli l'attimo'. Per lui *Carpe diem* significava apprezzare le cose belle prima che svanissero. Ho pensato fosse l'eredità migliore che un uomo potesse lasciare a un altro. Poi sono venuti i biglietti... Sa, a volte è più facile immedesimarsi negli estranei che in chi ci sta vicino. Magari il breve incontro con uno sconosciuto non ci cambierà la vita, ma può influenzare il nostro modo di vedere. Si impara a conoscere la vita anche attraverso il contatto con altre persone. Allora abbiamo organizzato gli incontri con Frédéric..."

Pétronille si chiese cosa fosse successo, durante quegli incontri. Jamel parlò di ninfee che bisogna saper cogliere al momento giusto, della propria verità personale, della visita al cimitero di Vétheuil e dell'intolleranza di certe persone.

"Quindi ognuno di voi ha recitato una parte?" domandò Pétronille.

"Una parte? Nessuno di noi ha finto, Pétronille. Maurice ha avuto l'idea di Giverny. È lui che ama i giardini, ma non è mai riuscito a cogliere al volo l'incanto del suo piccolo lago. Credeva così tanto al domani che ha finito per dimenticare l'oggi e si è lasciato sfuggire la donna della sua vita perché non ha avuto il coraggio di dirle che la amava. E Bertrand aveva un'ammirazione sconfinata per Simon. Siamo amici d'infanzia, ha abitato da me per molto tempo, e Simon veniva spesso insieme a Ernest. Aveva il talento di creare grandi cose per il semplice piacere di crearle. Viveva come un artista, e il suo modo di fare era contagioso. Se Bertrand ha scelto il mare come espressione di libertà è grazie a Simon che lo ha incoraggiato. Da quando Ernest è malato, io e Bertrand andiamo spesso a Vétheuil. Soffre molto. È duro veder morire persone così. All'improvviso la vita perde un po' del suo splendore. E Gilles... Gilles, probabilmente non arriverà a vent'anni, e mi creda, sa benissimo che le menzogne non hanno senso e che la vita non aspetta."

"E lei?"

"Io? Frédéric mi conosce. Gli ho raccontato tutto. O quasi."

"Le cose più importanti sono quelle che non si dicono."

"Non so se sono le più importanti. E non so perché non le ho dette a Frédéric. Forse perché sono l'unico in tutta Parigi a sapere che dietro quella facciata elegante fatta di cappotti di cachemire si nasconde un'infanzia infelice. È meglio che mi veda così, come un fratello."

"E non lo è?"

"I miei genitori sono morti in un incidente con l'elicottero. Si starà chiedendo cosa ci facessero su un elicottero. Mio padre era uno degli uomini più ricchi di tutta la Francia e voleva portare mia madre in vacanza in Riviera. Alla loro morte mi hanno lasciato più soldi di quanti possa spenderne in una vita intera. Tutti i sogni delle altre persone, la Corvette di Fabrice, i dipinti di Frédéric, le spiagge alle Seychelles dei pazienti del mio corso – mi basta schioccare le dita. Posso dire che me ne intendo parecchio di mappe del tesoro. Tra le varie cose che ho ereditato c'è una casa nel Settimo arrondissement, una delle più belle di Parigi. Dodici stanze, marmi e stucchi dorati ovunque, ma per me sono solo dodici stanze deserte. Dopo che sono morti i miei genitori mi sono rimasti un sacco di soldi e un grande vuoto da riempire. Per fortuna il destino ha portato sulla mia strada Ernest, Simon, Bertrand, Gilles, Maurice e Fabrice. Ora Fabrice e Simon sono morti, Ernest morirà presto, probabilmente anche Gilles, e Maurice sta diventando vecchio. Incontriamo le persone che amiamo solo di passaggio."

"Forse il tesoro è nascosto proprio lì, nei giorni che restano," disse Pétronille con dolcezza, senza sapere bene perché. Quelle parole le erano sfuggite da sole.

Jamel la guardò come si guarda qualcuno che di colpo è molto importante. Si stava facendo sera, e loro erano ancora seduti nel bar dell'ospedale. Era scoccata la scintilla e l'aria vibrava di elettricità, leggera come neve che volteggia. Sembrava che intorno a loro il mondo trattenesse il respiro in omaggio a quell'amore che sbocciava.

"Lo sa che Ernest ha capito?" disse Pétronille. "Cioè, immagina qualcosa, anche se non conosce i dettagli."

"No, non lo sapevo." Jamel sospirò. "Non volevo dirglielo per non dargli false speranze. Forse però è proprio la speranza che lo tiene ancora in vita."

Un inserviente portò via la tazza vuota e pulì il tavolo. Pétronille rifletté.

"Prima ha detto che Frédéric non avrebbe 'il suo dipinto'. A cosa si riferiva?"

"Ah, il dipinto," disse Jamel con il suo solito sorrisetto malizioso.

Ricominciò a parlare, e Pétronille lo ascoltò rapita. Non si decidevano a salutarsi. Era già tardi quando Jamel scrisse il suo numero di telefono sull'etichetta della bustina di tè.

Quella sera Pétronille non chiamò Dorothée. Si sedette al tavolo della cucina e guardò la sua mappa del tesoro. Con espressione trasognata appoggiò l'etichetta sul collage. E la incollò.

49.

Frédéric camminava lungo il Parc Montsouris. Era buio. Fissava una finestra illuminata, dietro la quale si scorgeva una sagoma. Era lì da quasi mezz'ora e per due volte aveva voltato le spalle alla finestra con l'intenzione di andarsene, ma ogni volta era tornato e si era piazzato davanti all'ingresso del palazzo, con il suo cappotto di cachemire spiegazzato e le scarpe sporche. Suonò al videocitofono. Sapeva che Marcia era in casa e poteva vederla sul monitor. Non aveva risposto alle cinque telefonate che le aveva fatto dal giorno prima. Frédéric aspettò e disse: "Marcia, per favore...".

Nulla. Frédéric aspettò ancora. Alla fine scese a testa bassa i pochi scalini fino alla strada. Dove sarebbe andato ora che Marcia lo aveva cancellato dalla sua vita? Non lo sapeva. Mentre si avviava verso il parco sentì il ronzio del portone che si apriva. Marcia lo lasciava entrare. Corse nell'atrio e si precipitò nell'ascensore.

Finalmente era davanti a lei. Marcia gli aveva aperto la porta, Marcia con i capelli lunghi, i piccoli occhiali con la montatura dorata e neanche un filo di trucco. Proprio come piaceva a Frédéric. Adesso però aveva anche un pancione incredibilmente rotondo sotto il pesante cardigan di lana e uno sguardo duro che lo disarmò. Ricordava ancora cosa voleva dirle?

"Vorrei parlarti."

"Domani devo uscire presto, non puoi restare molto."

Frédéric entrò. Marcia aveva rinnovato l'appartamento. Era ancora accogliente e femminile, ma ai colori si erano aggiunte tonalità delicate. Una porta conduceva in una camera azzurro pastello con un lettino in legno e un grosso orso bianco di peluche che faceva la guardia. La camera del bambino. Frédéric distolse subito lo sguardo.

"Vuoi una cioccolata calda?" domandò Marcia. "L'ho appena preparata."

Frédéric accettò. Osservò Marcia muoversi avanti e indietro nella cucina a vista. Sì, quella ormai era casa sua. Non c'era più traccia di lui. Non sarebbe dovuto andare lì. Marcia gli porse una tazza fumante. La cioccolata aveva un buon profumo, esotico.

"Ci ho messo un po' di cannella," spiegò.

Frédéric sorrise e ne assaggiò un sorso. Era squisita.

"Allora è un maschio," disse poi, fissando la tazza.

"Sì."

"Volevo dirti che... nelle ultime settimane mi sono capitate cose assurde e..."

"Hai ricevuto la mia lettera?" lo interruppe Marcia.

Frédéric alzò gli occhi. "No... No, quale lettera?"

"Sarebbe dovuta arrivare verso il 10."

La lettera che il giorno in cui Pétronille aveva aspettato la consegna del Sisley era scivolata dalla consolle finendo nel sacco della spazzatura.

"No. Perché mi hai scritto una lettera?"

"Per farti sapere che il bambino è tuo e..."

"Marcia," la interruppe Frédéric. "Ci ho riflettuto e vorrei tanto che ci provassimo di nuovo. Sono stato sul pont des Arts e ho rivisto il nostro lucchetto. Ricordi? Forse abbiamo ancora una possibilità. Non so se sarò un buon padre, ma ci proverò con il tuo aiuto. Marcia..."

"Fammi finire..."

"Ultimamente sono successe tante cose. È complicato da spiegare, però volevo dirti che io e te..."

"Fammi finire!" sbottò Marcia alzando la voce.

Frédéric ammutolì e la guardò. I suoi gesti esprimevano una forza nuova, una maturità interiore che non le conosceva.

"Nella lettera ti ho scritto che il bambino è tuo e che lo crescerò da sola. Vorrei solo che portasse il tuo nome, poi non avrai più nostre notizie. Non pretendo nulla."

Frédéric rimase sconcertato.

"Marcia, ti ho appena detto che vorrei riprovarci..."

"Riprovarci?" ripeté Marcia seccata. "E per quanto dovremmo provarci ancora? Io e te, Frédéric, possiamo provare tutto quello che vogliamo. Possiamo amarci di notte e lasciarci di giorno, non sarebbe una tragedia. Ma il bambino non vuole un uomo che prova, vuole un padre. E non soltanto quando va bene, lo vuole sempre. E quel padre non sarai tu, Frédéric. Sarà un altro, qualcuno che ha pazienza, qualcuno che ci dà lo spazio che meritiamo nella sua vita. Qualcuno capace di amare non solo una persona, ma due, tre o anche di più."

"E per quanto ci sarà questo qualcuno, Marcia? Un anno, due? Giurerà di esserci per tutta la vita e poi vi lascerà, perché è così che vanno le cose. Ti prometto che ci proverò seriamente, che ci proverò con tutte le mie forze, perché sei tu. Ti prometto che vi darò tutto quello che ho, ma non ti prometterò quello che non esiste! E 'per sempre' non esiste!" ribatté Frédéric accorgendosi che stava urlando.

"Io invece voglio credere che esista," disse Marcia con dolcezza. "E lo vuole anche il bambino."

Frédéric stava per dire qualcosa, ma lei gli voltò le spalle e andò in un'altra stanza. Frédéric rimase solo nel grande soggiorno con il cuore a pezzi. Si sentiva uno straccio. Guardò per un istante la camera del bambino e pensò che suo figlio sarebbe stato amato dalla mamma, dall'orso di peluche e da un altro papà. Perché non poteva essere lui? Immaginò di tornare a casa dal lavoro la sera e baciare la donna che amava con tutta l'anima. Poi sarebbe andato in punta di piedi nella cameretta azzurra e avrebbe baciato sulla guancia il bambino addormentato sussurrando il suo nome. Avrebbe sentito una gran pace dentro di sé, e la sua vita avrebbe avuto un senso. Come si sarebbe chiamato suo figlio? Il nome lo avrebbe scelto un altro uomo? Quella vita sarebbe stata di un altro uomo? Frédéric desiderava con tutto il cuore restare lì per sempre. Se "per sempre" non esisteva, lo avrebbe inventato per Marcia e per se stesso, spazzando via tutto quello che si intrometteva sul loro cammino. L'aria profumava ancora di cannella. Marcia era di nuovo davanti a lui. Gli consegnò con delicatezza due piccole chiavi. Le chiavi del lucchetto attaccato alla rete del pont des Arts.

"Se capiti sul ponte, toglilo," gli sussurrò.

Frédéric la guardò e nei suoi occhi vide quella determinazione nuova, ma anche un velo di tristezza. Prese le chiavi e sentì il metallo freddo. Era lo stesso freddo dell'asfalto nero della strada, lo stesso freddo delle notti d'inverno, lo stesso freddo della panchina sporca su cui qualche ora dopo sedeva stringendo i pugni.

50.

Alle sette e un minuto Jamel suonò al campanello di Dorothée. Era nervoso e teneva in mano un enorme mazzo di fiori esotici. Forse avrebbe dovuto prenderne uno più piccolo. L'sms di Pétronille che lo invitava alla festa di quella sera lo aveva riempito di gioia. Si tranquillizzò dicendosi che nessuno avrebbe notato la sua incontenibile felicità né il mazzo spropositato. Dall'appartamento arrivavano voci e risate.

Un uomo di buonumore spalancò la porta. Era sulla trentina, somigliava vagamente a un hippie e aveva gli stessi capelli ricci di Pétronille. Vedendo Jamel fece una smorfia.

"Aiuto! Un gigantesco mazzo di fiori si è mangiato uno dei nostri ospiti!"

Alzò le mani in un buffo gesto di disperazione e se ne andò. Una bambina ferma alla fine del corridoio scoppiò a ridere. "Pétronille, ci sono visite per te," annunciò l'hippie prendendo in braccio la bambina.

"Pétronille è occupata con la torta. Juuules!" gridò Dorothée.

Un altro uomo, che invece somigliava a uno yuppie, accorse in aiuto di Jamel e lo invitò a entrare. Era più alto e più magro, ma anche lui aveva passato da poco i trenta.

"Lei deve essere Jamel. Non faccia caso a mio fratello,

Ulysse si diverte a fare il pagliaccio... Jules," si presentò dando la mano a Jamel.

"Piacere di conoscerla. Sono desolato, ma la mia fioraia ha confuso un mazzo di fiori con una foresta amazzonica in miniatura. Non è che per caso avete una vasca da bagno dove posso metterli?"

"La vasca è già occupata, serve come guardaroba." Jules sorrise e lo fece entrare. "Si accomodi... Che ne dice di darci del tu?"

"Volentieri. Si risparmiano i convenevoli."

"Già, e al giorno d'oggi non si risparmia mai abbastanza."

Jamel legò all'istante con Jules, ma la presenza di tutti quegli estranei lo metteva a disagio. Aveva lasciato il cappotto nella vasca, sopra una montagna di altri soprabiti, e ora doveva tornare in soggiorno, dove regnava un'allegra confusione. A occhio e croce una quindicina di parenti di Pétronille aspettava di passarlo ai raggi X. E dire che l'aveva conosciuta soltanto il giorno prima!

"Ho sentito che è una festa a sorpresa per i vostri genitori, giusto?"

"Sì, è il loro quarantesimo anniversario di matrimonio. Una parte della famiglia era già qui per il Natale, allora abbiamo pensato... Cioè, *abbiamo* non è proprio il termine esatto. Hanno organizzato praticamente tutto Pétronille e Dorothée. Noi uomini ci limitiamo a fare quello che ci dicono e per il resto cerchiamo di non dare nell'occhio."

"Mai prendere iniziative, in nessun caso," aggiunse Ulysse. "Neanche sotto minaccia."

"E quando arrivano i vostri genitori?"

"Alle otto," rispose Ulysse. "Accidenti, manca meno di un'ora."

I due fratelli presentarono la famiglia a Jamel.

Per prima Dorothée, che impartiva ordini a tutti e sembrava tenere sotto controllo mille cose contemporaneamente. Strinse in fretta la mano a Jamel e corse si nuovo in cucina.

"Speriamo che non arrivino in anticipo!" esclamò.

La bambina si chiamava Mimi. Era nata dal primo matrimonio di Silvia, la compagna venezuelana di Ulysse. Silvia cercava di capire cosa le stava dicendo Mamie (la nonna materna), che camminava a fatica ma in compenso parlava a raffica. Anche Papy (il nonno materno) era stato piazzato in poltrona e dava indicazioni a Georges (il migliore amico del padre di Dorothée), che spostò l'albero di Natale per fare spazio alle sedie portate da Michel e Dominique (il fratello e la cognata della madre di Dorothée, Maman). Romain (il marito di Dorothée), che aveva pregato tanto insistentemente quanto inutilmente la moglie di non affaticarsi troppo, si ritirò rassegnato nello studio con il pretesto di scegliere il sottofondo musicale adatto. Nana (la nonna paterna, vedova) disponeva i tovaglioli ricamati accanto ai piatti sulla tavola apparecchiata lunga quanto l'intero soggiorno. La sua voce risuonava in tutta la stanza mentre chiacchierava con Kathy (la migliore amica di Maman e moglie di Georges), che non sapeva dove mettere le coppette con gli snack da servire insieme all'aperitivo.

Per il momento la cucina era off limits. Dorothée aiutava Pétronille a dare gli ultimi ritocchi alla torta nuziale formata da ottanta bignè farciti con tre diverse creme e tenuti insieme dal croccante.

"Pétronille mi ha raccontato che tu... ehm... ti occupi di mappe del tesoro," disse Jules a Jamel. "Un lavoro piuttosto insolito."

"Sì, è vero, diciamo che ho individuato una nicchia di mercato," commentò Jamel sorridendo.

I due fratelli erano curiosi di saperne di più. Jamel parlò della sua formazione da infermiere, del suo interesse per lo sviluppo personale dei pazienti e del corso che teneva in ospedale. Mamie drizzò le orecchie: di ospedali se ne intendeva. Jamel spiegò che al corso partecipavano persone di ogni età e che nella sua breve carriera aveva già visto centinaia di mappe del tesoro. Per lui era un bellissimo regalo quando i pazienti gli confidavano i loro sogni di felicità. Amava quel lavoro perché non aveva mai visto due mappe del tesoro uguali.

"E funziona? C'è un lieto fine o è solo un passatempo?" domandò Jules.

"Funziona," rispose Jamel.

"Qual è il segreto?" chiese Silvia.

"Bisogna crederci. Tutto qui," disse Jamel.

"Dorothée!" gridò Ulysse. "Niente aperitivo per Jamel finché non ci dice la verità. Vogliamo conoscere il vero segreto."

Jamel sapeva che buona parte della famiglia lo stava ascoltando.

"Be', se la mettiamo così, vi svelerò il segreto... La spiegazione scientifica è che, a prescindere da età, razza e numero di previdenza sociale, ogni nostra decisione, consapevole o inconscia, è guidata dalla ricerca della felicità. A livello primario è facile stabilire cos'è la felicità: un tetto sulla testa, cibo a sufficienza per noi e la nostra famiglia, una protezione dagli attacchi dei vicini. Noi però apparteniamo ai privilegiati del mondo e tutto questo lo abbiamo già, perciò la situazione si complica. Continuiamo a cercare la felicità e la vogliamo a ogni costo, ma non sappiamo di preciso cosa sia, questa felicità. Allora facciamo quello che fanno tutti: aspiriamo a un lavoro redditizio, una grande casa, una bella macchina. Se tutti vogliono queste cose, devono essere quelle giuste. Ogni mese passiamo dal Via, ritiriamo i nostri soldi e ricominciamo il giro. A quarantacinque anni ci siamo sistemati, ma sentiamo che in un certo senso la nostra vita è sbagliata, che ci manca qualcosa.

"Se invece ci fermiamo e disegniamo la nostra mappa del

tesoro... Nell'ambiente protetto del corso, ognuno rappresenta la propria felicità. Non quella dei signori X della porta accanto, la sua, su misura. Torna a casa con un bel collage da attaccare al frigo in cucina o nascondere in un cassetto del comodino. Magari lo dimentica, ma il collage resta memorizzato nella sua testa. E ogni volta che deve prendere una decisione, il cervello, programmato per la ricerca della felicità, si orienta in base al disegno attaccato al frigo o nascosto nel cassetto. Se siamo motivati a realizzare la nostra felicità personale, quella su misura per noi, svanisce il desiderio di avere una macchina più bella di quella dei vicini. La mappa del tesoro indica una strada al cervello, che adesso è programmato per imboccarla. Ed è quello che succede. Una mattina ci svegliamo, e i sogni contenuti nella mappa del tesoro sono diventati realtà. Fine."

Guardò furtivamente quei volti gentili e aggiunse, come tra sé:

"Io preferisco dire che bisogna crederci. Non è granché crederci, possono farlo tutti: basta metterci un po' di buona volontà, far tacere il rumore intorno, aprire gli occhi e vedere la propria buona stella. Le persone non credono più alla loro buona stella, ed è un peccato. Si sbagliano, non c'è dubbio: lei c'è per tutti, bisogna solo prendersi la briga di cercarla. A volte brilla dentro alle piccole cose, cose minuscole. In una presenza, per esempio. Al mondo siamo in sette miliardi, eppure, per una sorta di miracolo, basta una voce, un cuore, un certo modo di vedere le cose per illuminare tutto di colpo. Ho conosciuto alcune persone speciali che brillavano persino quando nessuno le vedeva. Sono state talmente importanti per me che sono diventate la mia Via Lattea, la mia famiglia. Ma sto diventando melodrammatico. Quello che volevo dire è semplicemente che, per i miei pazienti, crederci e avere fiducia è tutto ciò che resta, ed è già tanto".

Tutti erano ammutoliti, perfino Mamie, che non stava mai zitta.

"Tu cosa incolleresti sulla tua mappa del tesoro, Mamie?" le domandò Ulysse.

"Ah, bambino mio. Tutti voi!"

"Ok," disse Ulysse guardandosi intorno. "Allora facciamoci una foto per la mappa del tesoro di Mamie."

Gli altri risero e iniziarono a parlare tutti insieme, poi qualcuno imprecò a voce alta. Era Pétronille, e neanche un secondo dopo comparve Dorothée.

"Si è bruciata un'altra volta con il caramello!" spiegò.

"Emergenza sanitaria. Prego, fate passare il paramedico!" esclamò Jamel zoppicando verso la cucina.

Quando lo vide, Pétronille arrossì leggermente, o forse era colpa del caramello sul fuoco se aveva le guance accaldate. Dorothée arrivò con un cerotto, e Jamel lo mise sulla mano di Pétronille. Non gli sfuggì il mormorio alle sue spalle, ma quella famiglia gli piaceva e non se la prese. Scattarono la foto per Mamie, aiutarono Pétronille con la torta e parlarono delle mappe del tesoro. All'improvviso suonò il campanello. Seguì un trambusto indescrivibile mentre tutti si nascondevano bisbigliando "Shhh, shhh". Dorothée aprì la porta e si sforzò di salutare i genitori con la maggiore naturalezza possibile. Scambi di baci in corridoio. "Il traffico sul raccordo sta diventando impossibile. E ovviamente tuo padre ha insistito per uscire a Porte des Lilas. Che ci vuoi fare?" Rumore di passi verso il soggiorno, poi il coro "SORPRESA!", risate ed esclamazioni di gioia.

Il cuore di Jamel batté all'impazzata quando nella confusione generale il suo sguardo incontrò quello di Pétronille. Si era tolta il grembiule e il fermaglio dai capelli, che adesso le ricadevano sulle spalle, indossava un abito azzurro e faceva decisamente colpo.

51.

Frédéric, ancora seduto sulla panchina nel parco, guardava la Senna. Stava congelando, ma non aveva il coraggio di tornare a casa. Tutto nella sua vita sembrava destinato a diventare di qualcun altro: la donna che amava, la sua carriera, il suo Sisley, il suo appartamento. Il giorno dopo sarebbe andato al Musée d'Orsay, la tappa finale di quel viaggio assurdo. Ormai era un chiodo fisso. Intorno a lui svolazzavano fantasmi, nelle orecchie gli echeggiavano parole in lingue straniere e il cielo sopra Parigi brulicava di disegni di Fabrice Nile. Creature spettrali lo aspettavano al varco al museo, e quando pensava alla visita gli venivano in mente le storie più spaventose.

All'improvviso sentì uno strano odore. Un senzatetto si era seduto accanto a lui. Sembrava sulla cinquantina, ma era difficile dare un'età a quei visi nascosti da barbe incolte. Indossava tre o quattro giacche una sopra l'altra e beveva una minestra da un bicchiere di polistirolo. Frédéric voleva andarsene, ma non riusciva a staccare gli occhi dalla Senna. Avrebbe sfruttato l'occasione e cercato per l'ultima volta di scoprire qualcosa su Fabrice Nile. Si rivolse al clochard: "Scusi la domanda, per caso conosce un certo Fabrice Nile?".

"Perché dovrei conoscerlo?"

"Be', come dire... Anche lui sedeva spesso sulle panchine, così ho pensato che forse..."

"Com'è il nome?"

"Fabrice Nile."

"No, non mi dice nulla. Fabrice Nile. Non lo conosco. È di Parigi?"

"Non lo so... Non importa, scusi il disturbo. Buona serata."

Frédéric si alzò, ma l'altro non voleva lasciarsi sfuggire la possibilità di fare due chiacchiere e distrarsi dal freddo.

"Aspetti, chiediamo a Luigi, lui conosce tutti." Si alzò anche il clochard, si avvicinò al lungofiume e chiamò: "Luigi! Ehi, Luigi!".

Poco dopo giunse un borbottio da sotto il ponte.

"Luigi! Hai mai sentito parlare di un certo Fabrice Nile?" gridò il senzatetto. La sua voce rimbombò su tutta la riva. Nessuno rispose.

"È sordo come una campana. Dobbiamo andare giù. Venga, non la mangerà. Conosce davvero tutti qui."

Frédéric lo seguì esitante e scese gli scalini che portavano al fiume. Non aveva alcuna voglia di avventurarsi sotto il ponte. Appena arrivarono, Luigi mise la testa fuori da una piccola tenda.

"Cos'hai da urlare, Jean-Pierre?" Luigi era un tipo basso e ben piantato, con gli occhi chiari e i capelli arruffati legati in una coda. Una lunga cicatrice gli attraversava la guancia dall'orecchio al mento.

"Vieni fuori, Luigi. Questo signore vuole parlarti. Non vorrai mica che si sporchi il suo bel cappotto, no? Allora, tu conosci tutti a Parigi, giusto?"

"Esatto," rispose Luigi con un accento del Sud. "Ogni gatto, ogni teppista e ogni piantagrane che bazzica la strada viene da Luigi. Come si chiama l'uomo che le interessa?"

"Fabrice Nile," disse Frédéric.

"Fabrice Nile." Luigi alzò gli occhi verso le stelle. "Il meccanico che credeva di essere Picasso? Quello che scarabocchiava sempre sul suo blocco?"

"Proprio lui," rispose Frédéric incredulo. A parte Jamel, che sospettava non gli avesse detto tutto quello che sapeva, Luigi era la prima persona che incontrava a conoscere Fabrice Nile. E questa volta era per forza un caso. Nessuno poteva immaginare che quella sera si sarebbe seduto sulla panchina nel parco.

"Potrebbe raccontarmi quello che sa su di lui?" chiese Frédéric.

"Si può fare. Non credo che si offenderà, quel povero diavolo è morto il mese scorso. Era un tipo a posto. E ha avuto fortuna, ha trovato un bel posticino a Pontoise. Stare in quell'ospedale era come essere in vacanza, e si è fatto un sacco di nuovi amici. Ma ogni tanto faceva un salto a salutarci."

"Ricorda i suoi amici?"

"Ricordo soprattutto un nero alto con un vocione e un arabo che zoppicava. Poi c'era anche un uomo un po' più vecchio, con un nome a metà tra il filosofo e il cabarettista, non so se mi spiego. Hippolyte... no... Virgile... no... Alceste?"

"Ernest," disse Frédéric.

"Giusto, Ernest. È comunque un nome strano."

"Quanti anni aveva, questo Ernest?"

"Quasi una settantina. Me lo ricordo, lui..."

"Sa se queste persone erano invischiate in affari loschi?" lo interruppe bruscamente Frédéric.

Luigi gli lanciò una rapida occhiata. "E chi lo vuole sapere? Luigi non è una spia."

"Non sono un poliziotto. Questa gente sta cercando di rifilarmi una cosa e voglio essere sicuro che sia una faccenda pulita. Cosa trafficavano?"

"Cosa vuole che trafficassero?"

"Quadri, per esempio."

Luigi fece una smorfia.

"Mercato nero di opere d'arte."

"Ma no!" si intromise Jean-Pierre. "Fabrice non era il tipo da mercato nero. Per lo meno, non di oggetti così ingombranti, perché a pensarci bene..." E iniziò a ridere.

"Perché ride?"

"Ora che è saltato fuori il discorso mi è tornata in mente una cosa. In effetti hanno parlato di un traffico... di biscotti. Quando riuscivano a rimediarli, il nero e l'arabo li portavano ai bambini malati dell'ospedale. Pare che la mensa non sia il massimo. Ma non ti sbattono dentro per dei biscotti," disse Jean-Pierre.

"Una cosa è certa: nessuno degli amici di Fabrice si è mai fatto neanche un giorno al fresco. Sono tutte persone perbene. Non mi sembrano proprio i tipi capaci di trafficare quadri."

Frédéric aveva sentito abbastanza. "Grazie," disse frugandosi in tasca. "Per le informazioni," aggiunse, e consegnò a Luigi dieci euro.

"No, no, Luigi non si compra. Luigi non è una spia, che sia chiaro."

"Li prendo io," replicò pronto Jean-Pierre. "Per l'affitto della mia panchina, nel Settimo arrondissement costano care. Se ha ancora bisogno... Come le ho detto, qui in strada siamo tutti una grande famiglia, e Luigi è il nostro portavoce. Toh, ecco i pellerossa..."

Un gruppo di giovani volontari della Croce Rossa scese le scale. Nelle notti più fredde visitavano i ritrovi abituali dei senzatetto per convincerli ad andare con loro al dormitorio. Ora i due uomini avevano compagnia e sapevano con chi parlare. Frédéric salutò Jean-Pierre e Luigi e si allontanò in direzione del pont des Arts.

"Buon Natale, amico!" sentì gridare alle sue spalle.
Frédéric si voltò e ricambiò con un cenno.

Le mani affondate nelle tasche, Frédéric seguì il lungofiume. Passava nervosamente le dita sulle chiavi del lucchetto che gli aveva dato Marcia. Più che i passi, lo guidavano i pensieri. Dunque era quello il segreto. Ovviamente c'era di mezzo suo padre. E ovviamente non esisteva nessun dipinto. Era una trappola, e lui c'era cascato in pieno. Aveva avuto dei sospetti fin dall'inizio, però si era lasciato abbindolare dalla prospettiva di trovare un'opera d'arte. Il genio di Monet, le figure di Sisley e l'inspiegabile passione per i paesaggi invernali erano il suo tallone d'Achille, e la combriccola di Fabrice Nile lo sapeva. Si era fatto fregare da quel padre così bravo a convincere gli altri di non essere mai stato in prigione. C'era stato eccome. Ma ne era davvero così sicuro? Frédéric fu preso di nuovo dalla paura, paura del giorno dopo, quando le sue certezze forse sarebbero crollate. Pensò a Fabrice Nile che gli aveva rovinato la vita e a quello che rischiava di perdere per colpa sua.

Era arrivato al pont des Arts.

Senza bisogno di cercare a lungo, trovò il lucchetto e lo tolse. Poi, con tutte le forze e con tutta l'anima, lo gettò insieme alle chiavi nel fiume gelato che scorreva sotto il ponte.

Aveva le guance arrossate e il cuore che martellava. Guardò il lucchetto affondare nella Senna, e una piacevole brezza placò i suoi pensieri. Era libero. Gli tornò in mente il cestino dell'immondizia nel Jardin de Bagatelle. Se avesse buttato via la scatola di cartone, adesso sarebbe stato ancora quello di sempre. Sarebbe stato molto più felice. Non avrebbe incontrato degli sconosciuti che volevano fargli cambiare vita. Non ci sarebbero stati treni fantasma e giardini infestati dagli spiriti. E all'improvviso ecco la soluzione, lampante, sotto i suoi occhi: non sarebbe andato al Musée d'Orsay. Non doveva rendere conto a nessuno. Per trentadue anni aveva sepolto il padre nell'angolo più remoto della sua mente e l'aveva deciso lui. Non voleva conoscerlo e tanto meno voleva conoscere le persone che lo conoscevano. Non cercava di costruire un rapporto con lui e non cercava nemmeno legami di altro genere. Voleva vivere la vita che aveva immaginato, sentirsela calzare addosso come uno dei suoi abiti eleganti. Sarebbe stato di nuovo Frédéric Solis, avvocato di successo e collezionista d'arte, senza padre e senza figlio, artefice della propria verità personale e padrone del proprio destino.

Un'ora più tardi era nel suo appartamento, davanti alla finestra aperta da cui entrava il vento gelido della notte, e bruciava in un secchio di metallo i biglietti di Fabrice Nile insieme alla lettera del notaio. Mentre le ceneri del viaggio che Frédéric aveva intrapreso contro la sua volontà mulinavano sopra i tetti di Parigi, Jamel ricevette un sms.

Domani non andrò al Musée d'Orsay.
Non chiamarmi più.
Frédéric Solis

52.

Alle otto di mattina Jamel era già seduto accanto al letto di Ernest. Aveva parlato con il medico, che non sapeva più cosa dire. Nonostante il cancro allo stadio terminale, Ernest aveva resistito molto più a lungo di quanto gli avessero pronosticato, ma ormai non potevano fare più nulla per lui. Non restava che aspettare. Pregare che accadesse un miracolo. Aspettare ancora. Fingere che andasse tutto bene. Continuare a vivere come prima.

Jamel guardò Ernest. Aveva le guance emaciate e gli occhi stanchi, però sorrideva. Jamel si chiese se dovesse dirgli che il suo piano riguardo a Frédéric non aveva funzionato, che quella possibilità era sfumata. Ma a cosa sarebbe servito? Perché dargli un ulteriore dolore? Alla fine le false speranze avevano anche i loro lati positivi. Alla fine. Già, si avvicinava la fine.

"È vero che diventerà padre?" domandò Ernest.

Jamel non rispose subito. Non aveva senso fingere di non sapere di cosa parlasse. Annuì.

"Pensa, Jamel, diventerò nonno. Nonno, io..."

Calò un attimo di silenzio. Ernest si guardava il braccio violaceo.

"L'hai visto, vero?" mormorò.

"Sì."

"Sta bene? È felice?"
"Sì, credo di sì."
"Sono contento."
"Non lo vedrò più," disse Jamel.
"Ah, capisco."
Un'ombra passò sul viso di Ernest, e Jamel si accorse di quanto fosse scosso.
"Avrei tanto voluto farvi incontrare, ma..." si sentì dire Jamel suo malgrado.
"Sai, Jamel," replicò Ernest prendendogli la mano, "la vita è una cosa delicata. A volte basta tirare un filo e si smaglia tutto. Anche Frédéric ha dovuto prendere decisioni difficili. Ognuno segue la propria strada." Chinò la testa, come volesse dire che la sua era alla fine.
Jamel avrebbe voluto rispondergli che Frédéric aveva torto, che lo odiava perché si rifiutava di vedere la realtà, che non era giusto. Aveva messo in piedi quello strano viaggio per avere un fratello, ma anche per restituire a Ernest suo figlio. Voleva dirgli che era terrorizzato dalla solitudine e avrebbe dato tutto quello che aveva perché lui non morisse. Quella mattina però Jamel non riusciva a parlare. Ogni volta che guardava Ernest gli si stringeva la gola.
Ernest gli fece cenno di passargli l'album delle fotografie.
"Ricordi la mappa del tesoro di Fabrice?"
Prese la foto che era appesa anche nella mensa: Fabrice che sorrideva orgoglioso mentre mostrava all'obiettivo il suo disegno.
"Sì, l'ho data a Frédéric."
"Lo so."
"Come lo sai?"
Ernest agitò una mano, non era importante.
"Perché gliel'hai data?" domandò.
"Perché... perché non volevo che i sogni di Fabrice andassero perduti. Le cose che desiderava erano belle. Non era

molto, ma è quello che conta. L'essenziale. Forse Frédéric, che ha già tutto, avrebbe potuto far posto a quei sogni. E ti avrebbe..."

"Dove li vedi i sogni, Jamel?" lo interruppe Ernest.

Jamel non capì la domanda. Indicò la foto.

"Ovunque. Era la sua mappa del tesoro."

Ernest sorrise. "Guarda bene. La macchina che ha disegnato non è una macchina vera, è il modellino che gli aveva regalato Maurice. Le margherite della mensa. Il ritratto della donna nella cornice a forma di cuore che Maurice porta sempre con sé. La 'verità' di Gilles, la tolleranza – il nostro credo –, e il giardino all'inizio di tutte le nostre storie. Le carte, ricordi che Fabrice vinceva sempre quando giocavamo a ramino? O forse sono Bertrand, Gilles e Maurice, i nostri re. E il jolly, il grande visionario, il sognatore, quello sei tu. Ci siamo noi sulla mappa del tesoro, Jamel. Questo è l'ospedale. È il presente. Fabrice aveva smesso di disegnare i suoi sogni. Si era riconciliato con la vita, con i desideri e anche con i sogni. Come me, Jamel."

Gli sguardi dei due uomini si incontrarono, e Jamel dovette fare un grande sforzo per controllarsi. I suoi occhi non volevano versare lacrime e il suo cuore non voleva dire addio a Ernest. Non ancora. Non finché un figlio credeva che suo padre – il migliore che si potesse avere – fosse un buono a nulla.

Mentre Ernest fissava la neve fuori dalla finestra, Jamel intravide un'altra possibilità. L'ultima.

53.

Pétronille, in pigiama, sedeva davanti al computer. Venti minuti prima aveva parlato con Jamel e poi chiesto consiglio a Dorothée. Su suggerimento di Jamel, aveva scritto una mail a Frédéric, ora doveva solo premere "Invia", ma esitava. Era la cosa giusta? Doveva sostituirsi al destino? Jamel non l'aveva forzata, le aveva detto chiaramente di farlo solo se era sicura che dopo non si sarebbe pentita. Le aveva garantito che quella era la verità. Lei gli credeva, ma... Il cursore guizzò sul pulsante. Pétronille non cliccò. Rilesse la mail per la ventesima volta.

Caro Frédéric,

le scrivo perché ho delle informazioni su Fabrice Nile. Arrivano tardi, ma forse possono esserle utili lo stesso.

Anche se ai servizi sociali risultava senza fissa dimora, a quanto pare tra il 1995 e il 2012 ha abitato saltuariamente a Villa de Saxe 25, 75007 Parigi. La cosa interessante è che vi abitava anche un certo Simon Offenbach.

Monsieur Offenbach, un americano, viene indicato in molti siti come uno dei primi finanziatori della Fondation Claude Monet a Giverny. Fino agli anni quaranta la sua famiglia, che si era stabilita a New York, possedeva vari dipinti dell'artista. Sembra che Monsieur Nile e Monsieur Offenbach abbiano vis-

suto insieme dal 1995 al 2001 (anno della morte di Monsieur Offenbach).

Ho controllato, e non sono due appartamenti separati, ma un unico appartamento in un palazzo di lusso. In allegato trova una fattura intestata a Fabrice Nile e molti articoli su Simon Offenbach.

La ringrazio di nuovo per le ottime referenze che mi ha scritto e le auguro buona fortuna.

Cordiali saluti,

Pétronille

Pétronille aspettò ancora, vagò da una stanza all'altra, guardò la sua mappa del tesoro e cliccò "Invia".

Dall'altra parte della città, Frédéric controllò la casella di posta. Gli saltò agli occhi l'indirizzo: Villa de Saxe 25, 75007 Parigi. Era l'indirizzo a cui aveva rispedito senza aprirla la lettera che suo padre gli aveva scritto diciassette anni prima.

54.

Jamel, in macchina, cercava di raggiungere il Musée d'Orsay. Era bloccato nel traffico. La radio comunicò che il raccordo di Parigi era intasato a causa delle abbondanti nevicate. Non nevicava così da più di cento anni. Ma Jamel non ascoltava. Pensava a Ernest. Ernest, paralizzato dai dolori, che quando aveva saputo che Jamel sarebbe andato al museo nonostante il cattivo tempo voleva accompagnarlo. Naturalmente lui aveva detto di no. Ernest riusciva a malapena ad arrivare alla porta, il Musée d'Orsay era fuori discussione. Ne aveva parlato con Gilles, che invece era convinto fosse giusto accontentarlo. Sempre meglio morire al Musée d'Orsay che in un letto d'ospedale, si era scaldato lanciandosi in una tirata contro l'accanimento terapeutico. Jamel aveva stretto i denti e gli aveva detto senza mezzi termini cosa ne pensava del suo suggerimento. In realtà voleva evitare a Ernest l'ennesima delusione, non era affatto sicuro che Frédéric si sarebbe presentato.

Però quello che lo rattristava di più erano le parole di Ernest. Aveva detto di essersi riconciliato con la vita. Jamel sentiva che Ernest era alla fine. Quello era il suo ultimo giorno. Cercò con tutte le sue forze di scacciare il brutto presentimento, ma non ci riuscì.

55.

Marcia Gärtener posteggiò il coupé nel parcheggio dell'ospedale. Aveva promesso a Jamel di riflettere ancora una volta sulla situazione e lo aveva fatto. Ernest Villiers era il nonno di suo figlio. Marcia ricordava bene i nonni, ai quali era molto affezionata. Avrebbe detto a Ernest che sarebbe diventato nonno, soprattutto considerando tutti i torti che aveva dovuto subire. Il racconto di Jamel l'aveva commossa. La sua visita avrebbe sicuramente reso felice quell'uomo in fin di vita. Sì, andare a Pontoise era stata la decisione giusta. Se solo non avesse avuto quelle fitte al ventre fin dalla mattina.

Marcia andò all'accettazione e pochi minuti dopo bussò alla stanza 312. Nessuno rispose. Bussò di nuovo. La porta era socchiusa. Entrò e fissò a occhi sgranati il letto disfatto. La camera era vuota, ma gli effetti personali del paziente erano ancora lì. Jamel aveva detto che Ernest non riusciva più ad alzarsi e che i medici avevano sospeso le cure. Ernest Villiers era... morto?

A quel pensiero Marcia avvertì un crampo allo stomaco. Non ebbe il tempo di chiedere a un'infermiera notizie di Ernest. Si guardò i piedi. Erano fradici. Sembrava che qualcuno avesse aperto un rubinetto. Le si erano rotte le acque.

56.

C'è un punto sulla Senna dove, se si ascolta attentamente, si sentono le spiegazioni delle guide turistiche sui *bateaux-mouches*. "...A destra le Tuileries, il parco barocco più antico di Parigi. E a sinistra, *mesdames et messieurs*..." – centinaia di teste si voltano verso una sfarzosa e imponente costruzione chiara decorata con bandiere colorate che si agitano al vento – "...il Musée d'Orsay."

Alcuni turisti si fermano per una tappa intermedia. Salgono i gradini fino al lungofiume e si uniscono alla fila di persone in attesa di ammirare i capolavori dell'arte. Sotto l'enorme orologio che domina la facciata, sembrano tante formiche.

Appena entrati nel museo, per prima cosa i loro occhi devono abituarsi alle dimensioni colossali. La sala principale è talmente vasta che sembra sfidare le leggi della gravità. Un tempo c'erano i treni, erano i binari a portare lì. Oggi sono le meraviglie, che verranno ricordate per tutta la vita. I visitatori sono liberi di muoversi come vogliono, di perdersi tra le sculture realizzate dai grandi maestri, alla fine però salgono sempre la scala in ferro per avvicinarsi al grande orologio. Lì infatti è conservato il tesoro del d'Orsay: la collezione di dipinti impressionisti più importante del mondo – un luogo magico.

Altri musei si visitano per scoprire qualcosa. A volte anche per imparare. Non il d'Orsay. Qui si viene per trovare quello che si conosce già. Da qualunque paese si arrivi, si rincontrano vecchi amici. *La ballerina di 14 anni* di Degas, il *Ballo in campagna* e il *Ballo in città* di Renoir, *La camera di Vincent ad Arles* di Van Gogh. Sembra di condividere ricordi comuni. Questo era appeso nel soggiorno di zio Paul prima che vendesse la casa. La *Colazione sull'erba* di Manet, le *Cattedrali* di Monet, il *Sentiero in mezzo al bosco in estate* di Pissarro. Questo ce l'avevo sul diario l'ultimo anno di scuola. La *Neve a Louveciennes* di Sisley, le *Due donne tahitiane* di Gauguin, la *Natura morta con mele e arance* di Cézanne. Questo piaceva tanto alla mamma, ricordi?

Ci si apre un varco tra la folla e si ammirano i dipinti da vicino. Vorremmo toccarli, un po' come stringere la mano all'artista. Ma è proibito, quindi ci accontentiamo di scattare una foto senza flash.

Spesso una di queste opere così familiari ci invita a fermarci. Ah sì, conosciamo anche questa. L'abbiamo vista tante volte. È piccola e sembra volerci sussurrare qualcosa all'orecchio. Rallentiamo, ci fermiamo, pieghiamo la testa di lato. E all'improvviso un senso di pace ci pervade.

Per un istante dimentichiamo la partenza del *bateau-mouche*, i piedi doloranti e perfino il gigantesco orologio che ticchetta sopra le nostre teste. Ma tutto finisce, anche i momenti più belli. Dobbiamo andarcene, se vogliamo vedere anche il resto di Parigi. E tornati a casa potremo dire che il dipinto più emozionante del Musée d'Orsay è quella piccola tela dai colori tenui e delicati: *La gazza* di Claude Monet.

La gazza di Monet guarda la gente che passa, si ferma per un po' e prosegue oltre. È sempre così. La gazza sa che tutto finisce.

Quel pomeriggio un uomo la osservava e non andava oltre. Anche lui ricordava quel dipinto. Sì, lo ricordava molto bene. Stringeva i pugni, il cuore che sembrava voler esplodere. Quell'uomo era Frédéric Solis. Erano le due del pomeriggio quando entrò nella sala 29, al quinto piano. Sotto *La gazza* era annotata una sigla: RF 1984 64.

57.

Pochi passi dietro l'uomo che osservava con tanta attenzione il dipinto, c'era qualcuno che nell'ombra di Frédéric vedeva un bambino con il pigiama di flanella. Qualcuno che gli amici avevano portato al museo perché quello era l'unico posto al mondo dove voleva essere prima di affrontare il viaggio senza ritorno. Dimenticò i dolori lancinanti provocati dal cancro e avanzò verso l'uomo in cui riconosceva il bambino. Suo figlio.

58.

All'ospedale di Pontoise le ostetriche tastavano la pancia della giovane donna a cui si erano rotte le acque nella stanza del paziente scomparso. Marcia sentiva confabulare dietro la porta. Molti termini non li capì, ma parlarono anche di un incidente sul raccordo e di una forte nevicata. Finalmente entrò un medico, le sorrise e le comunicò che non poteva tornare a Parigi, nelle sue condizioni era troppo rischioso, con quel tempo poi, senza contare il caos che c'era per le strade, ma lì avrebbe ricevuto l'assistenza necessaria. Desiderava avvisare il padre del bambino?

Marcia fu presa dal panico e iniziò a protestare. Voleva partorire con il medico che l'aveva seguita per tutta la gravidanza e con nessun altro. Non potevano portarla in ambulanza alla clinica di Parigi dove lui esercitava?

Il viso dell'uomo si rabbuiò. Avrebbero chiamato il suo medico, ma lei non doveva assolutamente muoversi. Il feto non era nella posizione giusta.

59.

Frédéric non riusciva a staccare gli occhi dal dipinto. Era come pietrificato e aveva lo stomaco in subbuglio. Davanti alla *Gazza* si era formata una ressa. Era un viavai continuo. La calda ondata di sconosciuti lo superava urtandolo e lasciava il posto a quella successiva. Frédéric colse brandelli di una conversazione che iniziò in un punto vicinissimo a lui e subito dopo si interruppe. Strinse i denti, senza trovare il coraggio di guardare nessuno.

Frédéric Solis aveva paura.

E a un tratto una voce che sembrava arrivare da lontano sovrastò il brusio della folla.

"È come se il pittore ti dicesse: Presto, presto, guarda i colori che ci regala il cielo. Presto, presto, cogli la bellezza e portala nel tuo cuore. Presto, presto, ama questo giorno che finirà. Presto, presto, prima che la gazza voli via."

Era suo padre! Era la sua voce! Ora ricordava! Quando avevano guardato insieme il calendario, il padre poi dimenticato gli aveva sussurrato i misteriosi messaggi che il pittore aveva nascosto sotto i colori. Frédéric, un bambino normalissimo a cui i grandi artisti parlavano, all'improvviso ricordò gli affascinanti segreti che la voce di suo padre gli rivelava. Solamente a lui. E quell'anno a dicembre, in quel mese nero, appesa in soggiorno accanto all'albero di Natale c'era *La gaz-*

za. Sì, era la voce di suo padre, e Frédéric si voltò per cercarlo, ma era circondato da un gruppo di turisti giapponesi. Si alzò in punta di piedi e perlustrò l'intera sala per trovare l'uomo che aveva visto per l'ultima volta trentadue anni prima. Vide un indiano con i figli, un gruppo di pensionati, un custode addormentato sulla sedia e uomini d'affari in giacca e cravatta. Suo padre non c'era. Era svanito nell'aria come allora, pochi giorni prima del Natale del 1979? Lo sguardo di Frédéric si posò su un uomo fragile con gli occhi lucidi. Stava per chiedergli "Ha visto mio padre?" quando notò Jamel, immobile in mezzo alla calca. In mano aveva una valigetta di pelle.

60.

Jamel non vide Frédéric che cercava di avanzare verso di lui. Teneva gli occhi puntati su Ernest, alle sue spalle, che muoveva qualche passo con le stampelle verso il figlio che stava per sfuggirgli di nuovo. Jamel sapeva quanta fatica gli costassero quei pochi passi. Frédéric lo aveva quasi raggiunto, quando Ernest si accasciò lentamente. Gilles e Bertrand, nascosti dietro un tramezzo, si precipitarono a sorreggerlo. Ernest mormorò qualcosa all'orecchio di Bertrand, che esitò e scambiò un'occhiata con Gilles, poi i tre uomini si allontanarono confondendosi nella folla. Jamel li seguì con lo sguardo, ma li perse di vista quasi subito e all'improvviso si trovò davanti Frédéric. Non si era accorto di nulla.

Jamel lo fissò in silenzio. Aveva dimenticato tutto quello che voleva dire. Infine gli consegnò la piccola valigia.

"Questa è per te."

"Cosa devo fare in cambio?" domandò Frédéric.

"Nulla. Assolutamente nulla."

Jamel se ne andò.

"Forse tra qualche ora non servirà più. Non aspettare," aggiunse prima di scomparire.

61.

Frédéric rimase solo tra la folla. Jamel era scomparso e lui non lo aveva seguito. Strinse la valigetta nella mano fredda e cominciò a camminare. Ma per andare dove? Doveva trovare un posto tranquillo per aprire la valigetta. Jamel gli aveva detto di non aspettare. Frédéric si diresse al caffè del museo. Intorno ai tavoli si accalcavano decine di turisti, le loro sagome proiettate come ombre cinesi sul quadrante dell'enorme orologio riempito dal cielo di Parigi. Frédéric perse l'orientamento. Non poteva essere lo stesso che era appeso nella sala delle sculture. Era per forza un altro, altrettanto gigantesco.

Frédéric tornò indietro e si perse nei corridoi. In fondo all'edificio si fermò davanti a un divisorio che impediva l'accesso a una stanza buia. Probabilmente stavano allestendo una mostra. Frédéric sgusciò nella sala e si ritrovò tra impalcature e sedie accatastate. Avanzò di qualche passo e dietro un secondo divisorio scoprì un altro orologio, il terzo del museo, una specie di finestra da cui si vedeva la Senna. Nessuno avrebbe pensato di cercarlo lì. Frédéric si sedette sul davanzale.

Mentre apriva la valigetta gli tremavano le mani.

Trattenne il respiro, immobile, e fissò a lungo il dipinto adagiato sul fondo. Era *La gazza* di Monet, riprodotta su metà della doppia pagina del mese di dicembre nel calendario del 1979. Sull'altra metà riconobbe la propria grafia e quella dei genitori. Frédéric ricordò l'ultimo giorno che avevano passato tutti e tre insieme: l'appuntamento di suo padre a Giverny, gli appuntamenti di sua madre e le parole "Babbo Natale" che aveva scritto al giorno 25. Quel calendario ingiallito e spiegazzato era un viaggio nel tempo, in un passato lontano, quando tutto andava ancora nel verso giusto. Frédéric lo sfiorò con le dita, forse immaginando che dietro di lui l'orologio cominciasse a girare al contrario e si fermasse al dicembre del 1979. Poi vide la busta. La riconobbe. Era quella che non aveva voluto aprire diciassette anni prima. Frédéric guardò la Senna e la neve che cadeva senza posa. Ripensò alle parole di Jamel: "Non aspettare". Strappò un lato della busta e iniziò a leggere.

Era tutto lì. In quasi dieci pagine suo padre gli aveva raccontato la storia della propria vita. L'incontro con Simon a Giverny, la decisione difficile che aveva dovuto prendere, l'ultimatum della moglie, i regali di Natale che tornavano indietro, gli anni del grande amore e del dolore altrettanto grande. *Ricorda il grande amore che dentro di sé nascondeva l'inverno*. L'immenso orgoglio per il figlio che aveva ottenuto una borsa di studio in America. Parlava anche di un infarto, di un ragazzo di nome Jamel che in un certo senso aveva adottato e della decisione di scrivere quella lettera.

Frédéric continuò a leggere, ipnotizzato. Il padre gli proponeva di incontrarlo al Musée d'Orsay, l'anno seguente, durante le vacanze di Natale. Quanto doveva essere stata grande la sua delusione quando si era visto riconsegnare la lettera ancora chiusa. Frédéric fissò l'oscurità della sala deserta.

Perché non l'aveva aperta quel giorno, nel campus di Harvard? Perché aveva voluto evitare la verità? Solo per mantenere vive illusioni amare? E finalmente pianse. Sotto l'enorme orologio del Musée d'Orsay, Frédéric diede libero sfogo alle lacrime che aveva trattenuto da bambino la mattina di Natale del 1979.

Poi di colpo gli fu tutto chiaro. Il vecchio uomo malato che aveva visto poco prima era suo padre. Sì, doveva essere lui. E se non era più davanti alla *Gazza*, doveva essere all'ospedale di Pontoise. Era ancora in tempo.

Nello stesso istante un custode che faceva il giro delle sale sbucò dietro il divisorio. I due uomini sussultarono all'unisono, e Frédéric saltò giù dal davanzale sotto l'orologio. Pochi minuti dopo correva per le strade di Parigi, incurante della neve che gli sferzava il viso.

62.

24 dicembre, ore 17.07

Frédéric attraversò la stazione, trafelato. Gocce di sudore gli imperlavano il viso. Il sangue gli pulsava nelle tempie e aveva sempre la stessa immagine davanti agli occhi: un enorme orologio e un mare di fiori appassiti.

Un'ambulanza a sirene spiegate si fermò davanti all'ingresso dell'ospedale di Pontoise. Sulla barella c'era Ernest, privo di sensi. L'infermiere, Bertrand, Maurice e Gilles gli si accalcarono intorno. Un medico gridò qualcosa a Jamel che stringeva la mano di Ernest.

In sala parto risuonò l'allarme. Fu chiamato un medico, e una seconda ostetrica arrivò di corsa. Marcia non sapeva cosa stava succedendo. Cercava di concentrarsi sui terribili dolori che le si diffondevano in tutto il corpo.

63.

24 dicembre, ore 18.09

Frédéric entrò nell'ospedale di Pontoise e domandò in quale stanza fosse Ernest Villiers. La giovane donna all'accettazione lo guardò imbarazzata e si rivolse alla collega.

"Dov'è ora Monsieur Villiers...?"

La collega mormorò qualcosa che Frédéric non capì.

"Stanza 312, terzo piano," disse poi.

Frédéric salì in fretta le scale e si precipitò lungo il corridoio. Finalmente trovò la stanza 312. Si fermò. Da oltre un'ora non aveva fatto che correre. Dopo aver lasciato la sala deserta del Musée d'Orsay sembrava dovesse vincere una gara. Adesso era davanti alla porta, l'ultima che gli restava da aprire su quell'inverosimile calendario dell'Avvento. Ma non riusciva a decidersi. Era ancora impalato davanti alla stanza 312, quando sentì una voce alle sue spalle.

"Hai superato di peggio."

Frédéric si girò. Era Gilles. Il diciassettenne con il teschio sul berretto e il tatuaggio sul braccio.

Dietro di lui, Bertrand, che non parlò, e Maurice, che annuì. Tutti e tre lo guardavano.

Frédéric fissò la maniglia. Sì, aveva superato di peggio. Cos'era stato peggio: quel Natale del 1979, i trentadue anni senza suo padre o la lettera che aveva appena letto? Strinse la maniglia tra le dita e la abbassò.

La prima persona che vide fu Jamel, e subito dopo il vecchio uomo malato del Musée d'Orsay, nel letto, con gli occhi chiusi, circondato da macchinari, tubi, cavi e farmaci. Jamel si voltò verso Frédéric. Gli andò incontro sorridendo, gli diede una pacca sulla spalla e uscì dalla stanza.

Frédéric non sapeva se il padre dormiva o aveva perso conoscenza. Però sapeva che era ancora vivo, perché il torace si alzava e si abbassava lentamente. Frédéric restò immobile per qualche minuto, poi si sedette accanto al letto. Ernest aveva ancora gli occhi chiusi. Per capire se dormiva, Frédéric disse piano: "Papà?".

Ernest non si mosse. Quella parola che non pronunciava da più di trent'anni riecheggiò nel cuore di Frédéric.

"Papà, mi senti?"

Ernest non reagì. Frédéric chinò la testa. Forse era già troppo tardi.

"Ho appena letto la tua lettera. Se solo avessi saputo... Ma non volevo sapere. È colpa mia. Quella volta, a Natale, quando chiesi dov'eri, mi dissero che eri in prigione perché avevi fatto una cosa molto brutta. Non ho mai smesso di pensarti. Quando te ne sei andato, è sparito anche il calendario. Ho fatto una scenata alla mamma, perché il calendario con l'uccello sulla neve non c'era più. Allora il nonno e la nonna mi hanno regalato una cartolina con una riproduzione. Ce l'ho ancora." Nella stanza calò di nuovo il silenzio. Lo sguardo di Frédéric si perse in lontananza. Sentiva che le parole gli uscivano di bocca e non aveva la forza di trattenerle.

"Sai cosa mi piace di più di quel dipinto? Tutti guardano la gazza, io invece guardo le impronte nella neve. Sì, i passi che iniziano nell'ombra della gazza ed escono dalla tela. Da bambino per me quei passi erano i tuoi. Solo nella neve si vedono le orme delle persone che se ne sono andate."

Tacque e fece un respiro profondo. Ernest era ancora immobile. Frédéric continuò a parlare, buttando fuori tutto quello che gli bruciava nell'anima.

"Molte persone si saranno meravigliate che io non abbia fatto domande. Ma vedi, nei miei ricordi eri perfetto, eri mio padre, e non volevo che nessuno toccasse l'immagine che avevo di te, nemmeno tu. Non avevo più un padre, però almeno avevo cose belle da ricordare. Ora so che è stato uno sbaglio. Non ho avuto il coraggio, la verità è questa. Perdonami."

In quell'istante Frédéric udì la voce affannata del padre che si sforzava di parlare.

"Hai avuto il coraggio di diventare ciò che sei."

Frédéric guardò Ernest negli occhi. Anche se il torace si alzava e si abbassava più velocemente, il suo corpo emanava una calma che sembrava diffondersi in tutta la stanza.

"Hai avuto il coraggio di non attribuire i tuoi errori alla mia assenza, il coraggio di seguire l'insolita strada che ti ha indicato Jamel, il coraggio di venire qui. Sono molto fiero di essere tuo padre."

Frédéric avrebbe voluto dire qualcosa, ma aveva la gola chiusa.

"Per noi è troppo tardi, Frédéric," proseguì Ernest. Quando si accorse che il figlio stava per protestare, chiuse brevemente gli occhi perché non lo interrompesse.

"È inutile discutere. La vita ha deciso così. Prende molte più decisioni di quanto si creda, sai. Per esempio, pensi che il bambino che sta per nascere in questo ospedale sia un caso?"

"Quale bambino?"

"Tuo figlio."

"Marcia è qui?" domandò Frédéric disorientato.

"Sì, è già in sala parto."

Frédéric ebbe l'istinto di balzare in piedi, ma gliene mancò la forza e rimase seduto a fissarsi le mani. Ernest non staccava gli occhi dal figlio.

"Per noi due è finita," disse. "Entrambi dobbiamo essere grati del poco tempo che ci rimane. Oggi però devi prendere una decisione. Puoi tornare a casa e lasciare che Marcia scelga un altro padre per il bambino, come mi ha detto Jamel. Troverà un uomo che sia un buon marito e un buon padre, e sono sicuro che saranno felici. Tu continuerai a essere libero e senza legami e potrai vivere la vita che vuoi. Tuo figlio non ti conoscerà mai, tu non conoscerai mai tuo figlio, e nessuno soffrirà."

Si interruppe brevemente. Frédéric fissava il pavimento.

"Oppure attraversi due reparti e vai da tuo figlio. Appena lo vedrai, scoprirai la paura di perderlo, e quella paura non ti abbandonerà mai. Da quel momento la tua vita non apparterrà più soltanto a te, sarai legato a lui per sempre. Non importa cosa succederà, se tuo figlio sarà vicino o lontano o se non ci sarà più, tu resterai padre fino alla fine dei tuoi giorni."

Frédéric guardò il padre negli occhi.

"Se potessi tornare indietro, Frédéric..." sussurrò Ernest, "preferirei soffrire di nuovo per trent'anni piuttosto che non averti mai conosciuto."

Frédéric si alzò e abbracciò il padre. Restarono così a lungo, Frédéric mettendo indietro migliaia di orologi per ritrovare intatto il calore del padre che non aveva mai smesso di portare nel cuore, Ernest stringendo a sé il figlio con tutte le forze che non aveva più.

Qualche minuto dopo Frédéric uscì dalla stanza e corse al reparto maternità.

64.

25 dicembre, ore 9.05

Il bambino era nato. Era un maschio ed era sano. Dopo ore di doglie, avevano dovuto fare a Marcia un cesareo d'urgenza. Si era appena svegliata dall'anestesia totale, suo figlio aveva già qualche ora.

Marcia si accorse che qualcuno le posava il bambino sul petto. Per qualche minuto vide solo lui. Suo figlio. Il maschietto che conosceva da nove mesi e che adesso, nel momento più bello della sua vita, contemplava con amore. Si guardarono, e senza bisogno di parole si promisero di amarsi per sempre.

Poi il bambino sembrò spostare gli occhi scuri su un'altra persona nella stanza, e automaticamente Marcia seguì il suo sguardo. Vide Frédéric che le sorrideva. Aveva le occhiaie. Allora era stato lui a posarle il bambino sul petto.

In seguito Marcia non ricorderà cosa disse di preciso Frédéric. La loro breve conversazione si perse nel torpore dell'anestesia di cui sentiva ancora l'effetto. Ma anche in quel caso le parole erano superflue. Aveva capito. Frédéric e il figlio si erano già parlati e anche loro si erano scambiati la promessa di amarsi per tutta la vita.

65.

Frédéric andò nella stanza 312. Era diventato padre di un maschietto e voleva dirlo a Ernest. Sarebbe stato orgoglioso della sua decisione, anche se non era stato tanto merito suo quanto piuttosto del figlio che aveva deciso per entrambi. Quel bambino straordinario, che capiva già il mondo. Ernest sarebbe impazzito di gioia. Adesso era nonno. Quando aprì la porta, Frédéric vide il letto vuoto e Jamel, distrutto, che radunava oggetti qua e là, gli occhi gonfi e pieni di lacrime.

Ernest era morto.

"Quando...?"

"Nella notte."

Jamel prese l'album di fotografie di Ernest, ma Frédéric lo bloccò con un gesto della mano, in quel momento non aveva voglia di guardarlo. Si sedette sul letto, tirò fuori il cellulare dalla tasca e lo passò a Jamel.

Jamel osservò la foto leggermente sfocata di un neonato tutto raggrinzito.

"Mio figlio..." mormorò Frédéric.

"Congratulazioni, Frédéric. Come si chiama?"

"Oscar."

"Lo sapevi che era il primo nome di Monet?"

Frédéric sorrise.

Certo che lo sapeva, glielo aveva raccontato suo padre quando era piccolo.

Epilogo

24 dicembre, sera, sette anni dopo

“È incredibile, Oscar, più cresci e più somigli a tuo padre. Dai un bacio allo zio.”

“Ciao, Jamel,” disse il bambino, già in pigiama di flanella. Jamel gli scompigliò i capelli. Oscar, sette anni, lanciò un’occhiata a Kika, di cinque, che si nascondeva dietro la madre Pétronille.

Marcia corse alla porta per far accomodare gli ospiti. Era incinta del secondo figlio e la gravidanza la rendeva più incantevole che mai. Si baciarono, poi Pétronille, Jamel e Kika batterono i piedi sullo zerbino per togliere la neve dagli stivali. Jamel annunciò che aveva smesso di nevicare appena erano arrivati davanti al portone e che una nevicata così a Natale non si vedeva da anni. Da molti anni.

“Da quando è nato Oscar,” disse Frédéric andando incontro agli amici. Anche lui, come gli altri, era invecchiato, ma era ancora il bell’uomo baciato dalla fortuna. E quella sera, con il completo nero e la camicia bianca, sembrava proprio Ken. Pétronille arrossì impercettibilmente mentre gli consegnava una grossa scatola di cartone.

“Il dessert!”

“In versione kit di montaggio, naturalmente,” aggiunse Jamel. “Dobbiamo ancora assemblarlo...”

Da un punto alle spalle di Frédéric arrivò un sonoro "Ah". Nell'appartamento addobbato a festa spuntarono facce familiari. A Gilles erano ricresciuti i capelli, Maurice aveva una nuova compagna – Pauline, sessantasette anni – e Bertrand una barca nuova di cui mostrava a tutti le fotografie. Per il resto, erano quelli di sempre. C'erano anche i genitori di Marcia, arrivati da Berlino per trascorrere il Natale a Parigi, che ammiravano la casa in una tranquilla strada senza uscita di Montmartre. La madre di Marcia guardò una cornice di legno con due foto sulla mensola del camino. La donna aveva gli occhi di Frédéric e l'uomo i suoi lineamenti. Il padre di Marcia osservò il Sisley appeso a una parete del soggiorno. Conosceva la storia di quel dipinto: Jamel aveva prestato a Frédéric i soldi per salvarlo dal sequestro.

Durante l'aperitivo, la nonna di Oscar si occupò della cena per i bambini, che ebbero il permesso di mangiare anche qualche bignè. Gli adulti parlavano tutti insieme raccontandosi le ultime novità. Jamel aveva scritto un piccolo libro sulle mappe del tesoro. Non era diventato un bestseller, ma vendeva bene e i diritti d'autore andavano ai bambini dell'ospedale. La pasticceria di Pétronille, dopo le difficoltà iniziali, era sempre piena da quando la sorella Dorothée – ora madre di Malo, coetaneo e compagno di giochi di Oscar – gestiva il marketing. Marcia parlò della sua collezione di moda per bambini, e a un tratto Frédéric batté leggermente il cucchiaio sulla sua coppa di champagne. Voleva fare un annuncio.

"Dopo molti anni di preparazione... il 6 gennaio siete tutti invitati al vernissage della mostra!"

La notizia fu accolta da applausi e congratulazioni.

"Quale mostra?" domandò il padre di Marcia, e la figlia gli spiegò in tedesco quello che gli altri già sapevano.

Sei anni prima Frédéric aveva aperto una galleria d'arte. Con una considerevole dose di tenacia, molti giorni di lavoro interminabile e molte notti lontano da Oscar, era riuscito a realizzare il suo progetto e adesso esponeva paesaggi invernali dei grandi maestri, compresi un Monet, dei Pissarro e dei Sisley. Ma non era questa la mostra di cui parlava Frédéric, si riferiva a un'altra, che presentava i disegni di un artista ancora sconosciuto di nome Fabrice Nile.

Con il suo occhio esperto e allenato, Frédéric aveva colto il valore artistico della mappa del tesoro. Aveva recuperato una ventina di disegni da Jamel e dal resto del gruppo, e ora che la sua galleria si era fatta un nome poteva permettersi di presentare Fabrice Nile al grande pubblico.

Era questa la notizia a cui brindarono. Mentre tutti bevevano lo champagne, calò il silenzio. Forse pensavano a Fabrice Nile, a Ernest e a Simon, i tre uomini che sarebbero dovuti essere lì per condividere con loro quella serata di festa e allegria. Nessuno parlò, finché uno dei bambini disse timidamente: "Guardate, c'è un angelo!".

Kika scoppiò a ridere, seguita dagli adulti. Oscar era contento di aver attirato l'attenzione dei grandi, ma per i due bambini era arrivato il momento di andare a letto, altrimenti il giorno dopo sarebbero stati troppo stanchi per scartare i regali. Oscar e Kika vollero la favola della buonanotte, e Bertrand si offrì volontario. Si unirono anche Maurice e Gilles. In camera, Oscar e Kika ascoltavano rapiti Bertrand che raccontava una storia molto, molto, molto vecchia.

"Lo sapete che prima di nascere i bambini conoscono tutto il mondo?"

"Tutto il mondo?" ripeté Oscar.

"Tutti i segreti, tutte le storie e tutti i misteri," aggiunse Maurice.

"I bambini sanno più cose del mio papà? Il mio papà sa tutto," disse Kika.

"Sì, sanno più cose del tuo papà."

"E anche più del presidente?"

"Certo che sì," rispose Gilles ridendo.

"Molte di più. Ma appena nascono, dimenticano tutto," disse Maurice. "Un angelo li tocca con un dito appena sopra le labbra. Così."

E posò un dito sopra le labbra di Oscar.

"Vedi quella piccola fossetta tra il naso e la bocca? Quella è l'impronta lasciata dal dito dell'angelo."

Oscar e Kika erano incantati.

"Non è giusto!" protestò Oscar quando capì cosa significava. "Mi sarebbe piaciuto sapere tutto."

"Invece è giusto così, Oscar," disse Bertrand sottovoce. "Se tu sapessi già tutto non potresti più diventare grande."

Adesso però Oscar e Kika dovevano fare la nanna. Dopo il bacio della buonanotte dei genitori, i bambini si addormentarono stringendo le torce che avevano nascosto sotto le coperte perché Babbo Natale non si dimenticasse di loro, e alla tavola apparecchiata a festa risuonarono le risate degli adulti.

La neve cadeva di nuovo nella strada deserta di Montmartre e copriva le tracce di quello che era stato. Mentre i fiocchi scendevano lentamente dal cielo, per un istante tutta Parigi sembrò pervasa da una profonda quiete, come se anche la città volesse godersi la felicità delle piccole cose.